JN181340

RYOMA HASHIRU
Yamamoto Ichiriki

龍馬奔る（はし）

土佐の勇

山本一力

角川春樹事務所

龍馬奔る

土佐の勇

装画　原田維夫
題字　日野原牧
装幀　芦澤泰偉

〈目次〉

第一章　龍馬、作事手伝い

一

嘉永三（一八五〇）年の土佐国は、五月十六日に梅雨が明けた。

高知城本丸土圭の間には、差し渡し三尺（直径約九十センチ）の大太鼓が据え付けられている。

チリン、チリン。

五ツ（午前八時）を告げて、土圭の鎚が鈴を打った。当番は樫の棒から削りだしたバチを手に持ち、大太鼓の前に立った。

土圭の鈴が鳴り止んだとき、当番はバチを太鼓の皮に叩きつけた。

ドーン、ドーン……。

御城の周囲半里（約二キロ）四方に響き渡らせるのがバチ持ち当番の役目である。

出仕する武家の多くは追手門から内に入った。そののち石段を登り、三の丸と二の丸に構えられた組屋敷に向かうのを常とした。

土佐国全域の土木作事を監督する作事組組屋敷は三の丸である。組に出仕する面々は、強い朝日を背に浴びていた。

「暦によれば本日は丁未である。火の弟の日に梅雨が明けるとは、まことに暦も味なことをするものだ」

「作事組には、梅雨明けは第二の元日も同然だからの。丁の日の梅雨明けとは、ことさらに縁起がよろしい」

梅雨明けから立秋までの土佐は、猛々しい夏日に焦がされる日々が続いた。しかしどれほど陽差しが強く厳しかろうとも、作事組には晴天は恵みである。

組のだれもが目元をゆるめて声を弾ませた。

一夜明けた五月十七日も、朝から天道は威勢がよかった。

梅雨明け十日という。

この先しばらくは、真っ青な空と巨大な入道雲の湧く晴れの日が続くのだ。

龍馬の父親坂本八平は、先代から職を受け継いで以来、普請組作事掛を務めていた。

土佐藩でも図抜けた財力を有する才谷屋は坂本家の本家である。八平が勘定役にでも就いているならば、才谷屋との血縁関係を考えれば得心のいく話だ。

しかし八平も先代も土佐藩普請組に編入され、作事掛を拝命した。

才谷屋八郎右衛門は、八平の普請組編入を大いに喜んだ。

「いかにも坂本家に似合った職務だ」

八平が先代の職務を受け継いで普請組に編入されるように、陰で八郎右衛門が尽力していた。

町人身分だった坂本八平の先祖は、土佐藩の郷士募集に応募した。

「このたび新たに五町歩の土地を開墾することとなった。本件にかかわろうとする意欲のある者は、郷士として土佐藩に編入する用意がある」

坂本家先祖はこの開墾事業に応募し、郷士株を手に入れた。

坂本家にあっては開墾事業の監督は、いわば先祖伝来の業だった。

梅雨明け翌日の五月十七日の中食どき。

八平は三の丸の木陰に配された腰掛けに座した。

普請組は隣棟の作事組同様に、三の丸執務部屋に詰めている日よりも、普請現場に出張っていることのほうがはるかに多い。

ゆえに普請組の者は棟から出て戸外で中食を摂ることが多かった。

とはいえ昨日に続き、今日もまた猛暑日である。空の真ん中に天道が居座った正午に、戸外で弁当を摂る者の姿は皆無に近かった。

八平は暑さを苦手とはせず、むしろ好む男だ。三の丸の木立を渡る風を浴びつつ食する中食を、大きな楽しみとしていた。

風呂敷を開くと、竹の皮に包まれた弁当と青竹の筒が出てきた。

亡妻幸の後妻として娶った伊與は、毎日の八平の弁当をみずから調えた。

この日は両面を炭火で焦がした握り飯三つと、濃い味付けのしいたけ煮である。どちらも八平の好物だったし、梅雨明けの温気のなかでも傷む気遣いはなかった。

伊與はこれまた八平好物の麦湯を竹の吹筒に詰めて、弁当に添えていた。

握り飯に手を伸ばす前に、吹筒の栓を抜いた。口に含むと麦湯と竹の香りが混ざり合った甘さが、口一杯に広がった。

栓を抜いたあとのひと口目の甘さ。

これを八平に味わってもらいたくて、伊與は筒に詰める麦湯の熱さを吟味した。

熱すぎると竹のにおいが強くなる。

ぬる過ぎると麦湯が勝り、ふたつの甘さが溶け合わない。

たかが麦湯を吸筒に詰めるだけでも、伊與は気を抜かない。それほどに八平を大事に想っているのだろう。

妻の気持ちを八平もしっかりと受け止めている。嚙みしめるように最初のひと口を味わい、栓を詰めた。

いよいよ握り飯だ。八平は口に残っていた麦湯を生唾と一緒に飲み込んでから、竹皮の紐に手をかけた。

「坂本殿」

男の野太い声に呼びかけられた八平は、弁当包みの紐から手を外した。

「わしも昼を共にさせてもろうたち、構わんかのう？」

いいかと問いかけながらも、相手はすでに腰をおろしていた。

声の主は八平と同い年の島誠之助だった。誠之助は普請組の隣棟、作事組に属する主事である。

同い年だが島誠之助は何代にもわたり同職を拝命している土佐藩下士だ。株を買って郷士となった八平よりも格上である。

土佐藩は格別に身分違いにうるさい藩として、諸大名に知られていた。

上士と下士とは屋敷の構えも、屋敷を設ける町も別である。上士の暮らす町に下士が屋敷を構えることはあり得なかった。

許しなき限り、下士は上士に直接口をきくこともできないほどである。

身分違いをわきまえる作法は、下士と郷士の間にも存在した。

しかし誠之助は八平に限っては、そんな垣根を取り払うように求めた。

「わしとあんたとは、五分の付き合いでいきたいが、構わんか？」

構わんかと問うのも、問いながらすでに答えを決めているのも、誠之助の流儀だ。

八平と横並びに座った誠之助は、経木の折詰弁当を開いた。

誠之助の屋敷は、仕出し屋なごやまの隣である。弁当は毎朝なごやまが調えていた。

「今日は戊申(つちのえさる)じゃきにのう。土の兄(つちのえ)の日は作事組には縁起がええきにと言うて、赤飯弁当にしてくれた」

ものにこだわらない誠之助は、持参した弁当の中身を八平に明かした。

誠之助の気性を了としている八平は、目元をゆるめて握り飯を頬張(ほおば)った。それを呑(の)み込んだのを見定めてから、誠之助は頼み事を口にした。

「明後日からわしは、幡多郡(はたぐん)の堤防作事に出張るけんどのう」

折詰を膝(ひざ)からおろした誠之助は、身体(からだ)を動かして八平と正面から向き合った。

「龍馬をわしの手伝いに貸してもらいたい」

誠之助の大きくて黒い瞳が、八平の両目を見詰めていた。

「龍馬が日根野道場で腕を磨いちゅうがは、わしも初めから見ちょったきにのう」

剣術の冴えを堤防作事現場の監督手伝いに生かしてもらいたい……八平とふたりだけで話すときの誠之助は、かみしもを脱ぐあかしとして土佐弁で話した。

誠之助の頼みを聞かされた八平は、しばし黙り込んだ。

誠之助は短気な気性だが、八平の思慮深さは充分に分かっている。返答をせっつくことはせず、目の光を弱めて待っていた。

八平はふうっと、ひと息大きく吐きだしてから誠之助に返答した。

「あれを見込んでもろうちゅうがはありがたいけんど、まだ十六ぜよ」

八平は謙遜ではなく、正味の口調で応えた。

「作事現場の人足は、気が荒い」

龍馬で監督手伝いが務まるだろうかと、八平は危ぶんでいた。

「歳は十六やち、あいつはもうわしと肩を並べるばあ大きい」

現場監督の誠之助は五尺八寸（約百七十六センチ）の上背があった。目方も十九貫（約七十一キロ）の偉丈夫だ。

龍馬は目方は十六貫（約六十キロ）だが、上背は誠之助と肩を並べていた。

「ただガラが大きいだけやったら、独活の大木やと人足は笑うにかあらんが、龍馬は身のこなしに隙がない」

土手を歩く姿を見ただけで、人足は素直に従うと誠之助は請け合った。

道場に通い始めた当初から、誠之助は龍馬を見ていた。折詰を膝に置いた誠之助は、龍馬に気を馳せながら箸を使っていた。


嘉永元（一八四八）年四月。十四歳の龍馬は築屋敷の日根野道場に通い始めた。

道場主の日根野弁治が伝授するのは小栗流である。

遠き昔の戦国時代に徳川家康家臣であった小栗仁右衛門により創られた流派だ。

伝授するのは剣術・居合・棍棒・槍術・騎射・長刀・水練と、武芸全般である。

龍馬が入門した嘉永元年の日根野道場は、二代目日根野弁治吉善が道場を主宰していた。

十四歳で五尺四寸（約百六十四センチ）を超えていた龍馬は、素振り稽古からすでに目立っていた。

十五歳の正月に元服を終えた龍馬は、若手二番を受け持つまでに技が伸びていた。

十四の四月に入門してから、まだ一年も経ずしての二番抜擢である。

「龍馬の上段構えには、豊かな上背が大きく利しておる。他の者より一歩も二歩も優位に立てる我が身を驕らず、稽古に励みなさい」

道場主直々の言葉が、二番の座に就いた龍馬に添えられた。

この年の夏には、道場を挙げての水練大会が催された。

まだ幼少の時分から川漁師の要と乙女姉の特訓を受けて、鏡川で泳ぎに明け暮れた龍馬である。

築屋敷道場裏の鏡川を使っての大会では、全門下生二十七人のなかでも群を抜いた結果を残した。

「十九になる前に、龍馬やったら師範代に就くにかあらんぜよ」

「まっこと、なんぼ稽古をしたち、龍馬にだけは勝てん」

龍馬よりも年長の門下生が、年下の龍馬に舌を巻いていた。

「幡多郡の作事は四万十川（しまんとがわ）の堤防造りじゃきに、監督するがも力がいる」

誠之助は日焼けした顔を引き締めた。

「人足の前でたっすいことをしよったら、なんぼ指揮杖（しきじょう）を振り回したち、あいつらは言うことを聞かん」

たっすいこととは、だらしないことなどを意味する土佐弁だ。

龍馬なら、土手を歩いているだけで人足の目の光が違ってくる……誠之助は、もう一度同じ言葉で龍馬を褒めた。

「わしに龍馬を貸してくだされ」

居住まいを正した誠之助は、武家言葉で頼んだ。

木立のセミが一斉に鳴き出した。

二

島誠之助と龍馬、そして作事組直属の人足五人を加えた一行は、嘉永三（一八五〇）年五月十九日に浦戸湊から船出した。

梅雨明け後の晴天が続いているうちに、海路で幡多郡中村を目指したのだ。

夏日を遮るものがない海上では、陽に焼かれ放題である。途中の浜で二泊したのち、五月二十一日に中村の湊に着いたときには……。

「龍馬さんは顔の前と後ろが分からんき」

船旅ですっかり打ち解けた人足たちは、焦げた（日焼けした）龍馬を見て軽口を叩いた。

「おまえたちは先に下りて、あの茶店で待っておれ」

誠之助が指差した先に、よしず張りの茶店が見えた。湊に着いた客と、これから船に乗る客の両方を当て込んだ茶店である。

四ツ半（午前十一時）過ぎの見当で、陽差しはことさら厳しい。

『麦湯あります』

赤い旗が、茶店の戸口ではためいていた。

「お先に行っちょります」

大声で答えた龍馬は、人足五人と一緒に茶店に向かった。

ひとり船に残った誠之助は、龍馬と人足が忘れ物をしていないかの検分を始めた。

人足はともかく、龍馬はなにか忘れ物をしていると誠之助は踏んでいたのだ。

隅々まで見回っていた誠之助が、ふうっと吐息を漏らした。

案の定、龍馬は紺色の帆布で拵えた巾着袋を、座っていた艫に忘れていた。

手に持った誠之助は思案顔を拵えた。


浦戸湊を十九日の四ツ（午前十時）に出た船は、須崎湊で一泊目を迎えた。

翌朝は五ツに船出をして、夕刻に興津岬を回った先で二泊目にすると船頭に告げた。

浦戸湊で仕立てた船は帆柱が立てられる十人乗りで、艫には二丁櫓がついていた。

船頭は控えを含めて四人だ。

航行中、控えの船頭ふたりは船客と船頭のメシを調えていた。

誠之助の指図に、船頭四人は顔を見交わした。ぶつぶつと小声を交わしていたが、なかのひとりが誠之助に話しかけてきた。

「興津湊はすんぐそこやけんど」

船頭は百尋（約百五十メートル）先に見えている興津浜を指差した。

「こっから中村やったら、海伝いに五里（約二十キロ）ばあのもんですきに」

うまい具合に、ゆるい追風が吹いている。このまま走って行けば、一刻半（約三時間）もかからずに行き着けると、船頭は中村行きを勧めた。

日暮れが近く、浜に差す陽は低い。興津岬の明かり屋（灯台）の灯火も、はっきりと見えていた。

「おまえなら、船頭の思案を受けるか？」

誠之助は監督手伝いの龍馬に諮問した。

龍馬は返答の前に五人の人足を順に見た。

「いや、わたしなら興津湊に泊まります」

迷いのない答えである。その返答を了とした誠之助は、興津湊への横付けを命じた。

夕餉を終えたあとで、誠之助は龍馬を呼び寄せた。

「おまえはなぜ、興津浜に泊まることを選んだのだ？」

「人足が泊まりたがっちょりました」

龍馬は即答した。

この日は朝の五ツから船に乗り通しだった。晴天で海は穏やかな一日だったが、それでも人足たちは船には飽き飽きしていた。

興津岬を回ったとき、誠之助はその先の浜に泊まると船頭に命じた。これで人足たちの顔が明るくなったのだ。

ようやく船から下りられる、と。

ところが船頭たちは、さらに先まで行くと言い出した。

船の仕立て代金に含まれるのは、浦戸から中村までである。その間を二日で結ぼうが、三日かけようが、仕立て代は変わらなかった。

船頭たちは違う。

一日でも早く客をおろして、あとは中村でのんびりしたかったに違いない。

誠之助も早い到着を考えていた。中村に到着しておけば、あとの行程が楽になる。

龍馬も同じ考えだろうと判じて諮問した。

ところが龍馬は正反対の返答をした。

ようやく船から下りられると気を弾ませた者は、もはや上陸のほかは考えていない。

さらに一刻半も船に乗ると分かれば、人足の士気にわるい作用をする。

高知から連れて行く五人は、作事現場で人足仲間の頭になる面々である。

「ぬか喜びさせるのは最大の愚策だと、日根野先生からいつも戒められています」

龍馬は気負いのない物言いで、師の言葉を口にした。

興津湊に立ち寄ると言ったあとで、誠之助は船頭の言い分を聞き入れる気になっていた。

龍馬はさらりとした物言いながら、誠之助の気持ちの揺れを言い当てていた。

興津逗留（とうりゅう）を願った龍馬は、この一事で人足たちの気持ちを鷲掴（わしづか）みにしたらしい。

興津から中村までの船では、龍馬に対する人足たちの応じ方が大きく違っていた。

隔たりを詰めながらも、龍馬に対する敬意を抱いている……あなどれぬ十六歳だと、誠之助は龍馬をこころに刻みつけた。

が、その反面、龍馬には大きな隙があるようにも思えた。その隙が、人足たちに軽口を叩かせるゆとりになっているとも感じていた。

人足たちと談笑しながら下船した龍馬は、持ち重りのする巾着袋を船に忘れていた。

おとなとこどもが入り交じった男か。

誠之助の目元がゆるんだ。

龍馬に対する好感ゆえの目のゆるみである。巾着袋をふところに仕舞い、誠之助は茶店を目指した。

ワン、ワン。

茶店の前の砂浜で、犬が声を弾ませて龍馬にじゃれついていた。

三

南国土佐の夏は白い。

少しでも陽差しを弾(はじ)き返そうとして、老若男女を問わずに、だれもが白いモノを着たがるからだ。

武家の内儀が外出をするときは、渋紙を白く塗った日傘をさした。

「土佐藩の内儀はまことに身持ちが堅い。夏の晴天下でもわざわざ白い蛇の目をさして、他人に顔をさらすまいと努めておられる」

真夏の城下町を歩き、見聞したことを文にしたためて国許(くにもと)に送ったのは雪国福井の藩士である。

夏が柔らかな福井では、日傘などは無用で見たことがなかったのかもしれない。それだけに、夏の城下町の白さは強い印象となったようだ。

長い手紙のなかで、何度も白の目立つ城下町に言い及んでいた。

誠之助と龍馬が逗留を始めた四万十川の川縁は、高知城下とは色味が違った。

洪水を防ぐ土手造りの作事現場は、真夏のいまも白くはなかった。

目につく色でいうなら、焦げ茶色である。

「わしにも一杯、呑まいてくれ」

ふんどし一本の人足が、水汲み婆に飲み水をせがんだ。

「あいよう」

威勢のいい声で答えた婆は、どんぶりですくった水を差し出した。

呼び名は婆だが、歳は三十半ばである。さらしで乳を隠しただけの素肌を、照りつける夏日にさらしていた。

強く巻いていたはずだが、汗でさらしがゆるんだのだろう。豊かな両の乳房が拵えた谷間が、さらしの隙間から見えていた。

ゴクン、ゴクンッ。

喉を鳴らし、喉仏を動かしながら、人足は一気にどんぶりの水を飲み干した。

「ええ呑みっぷりやいか」

婆が褒めると、人足は身体中から汗を噴き出すことで返事をした。

焦げ茶色をした艶のいい男の肌を、水玉になった汗が滑り落ちる。

人足も水汲み婆も、焦げ茶色の肌だ。

夏日にさらした当初は、焦げた薄皮がボロボロになって剝がれた。

何度も皮剝けを繰り返しているうちに、地肌の奥まで茶色になった。

「よう焦げちゅうのう」

「そこまで焦げたら一人前ぜよ」

地肌の底まで日焼けしたのを見極めたとき、人足たちは真の仲間として受け入れた。

誠之助が高知から連れて行った五人は、もちろん現場の人足以上に肌が焦げていた。

日焼けしているのは婆も同じである。

肌も顔も焦げ茶色で、唇にひいた深紅の紅を引き立てていた。

四万十川の清き流れは、降り注ぐ夏日を弾き返してギラギラと照り輝いている。日陰の流れは深い水色だが、作事現場の川面は光っているだけで色は見えなかった。

作事現場で目につく色は、人足と婆の焦げ茶色をした肌だった。

島誠之助の許しを得て、龍馬も人足同様に素肌をさらした。人足たちに見劣りしないほどに、龍馬の肌は艶々と焦げていた。

ただし、ふんどし姿ではない。上半身は裸だったが、軽衫袴を穿いている。

夏場の日根野道場は、剣術と水練とを等分に稽古した。

築屋敷の道場の前には、鏡川が流れている。汗まみれの稽古着を脱いだあとは、下帯一本の姿で鏡川に飛び込んだ。

道場前の川幅は、およそ三十間（約五十五メートル）だ。日根野弁治の門弟たちは、毎日鏡川三往復の水練をこなした。

岸辺の原っぱに上がったあとは、下帯姿で竹刀の素振り百回である。

門弟はだれもが年若く、肌には張りがある。皮膚が三度剝けたあとは、艶のある焦げ茶色に肌の色が落ち着いた。

「龍馬さんやち、よう焦げちゅうけんど、わしらとは肌の色が違うにゃあ」

「あたりまえやろうが」

人足のひとりが口を尖らせた。

「わしらは焦げちゅう言うたち土方焼けやけんど、龍馬さんがは上品な稽古焼けにかあらんきにのう」

人足たちは親しみを込めて、龍馬さんと呼んだ。身分の違いにこだわらず、骨惜しみをしない十六歳の若者を、人足たちは正味で受け入れていたからだ。

水汲み婆の仕事は、人足にどんぶりを差し出すだけではない。現場から十町（約一・一キロ）離れた山裾から、澄んでいて冷たい湧水を運んでくるのも大事な仕事だった。

半荷（約二十四リットル）が入る水桶を天秤棒の前後に下げて、十町の道を歩くのだ。龍馬が作事現場に着いたときの水汲み婆は、男でもきつい水汲み仕事を一日に二往復もこなしていた。

飯場に起居する人足は、誠之助が引き連れてきた五人を含めて二十五人いた。

一日中、肌を夏日にさらす人足たちは、ひとり当たり湧水を二升（約三・六リットル）も呑んだ。呑むそばから、汗になって噴き出してしまうのだ。たとえ二升呑んだところで、水腹が膨れることはなかった。

二十五人に二升の湧水を行き渡らせるためには、五斗が入り用だ。水汲み婆は朝の仕事始めと、昼飯後に湧水を汲みに十町の道を歩いていた。

「昼餉（ひるげ）のあとの水汲みは、おれがやります」

龍馬が水汲みに出向くことも、誠之助は考えあって許した。

引き締まった肉置き（ししお）の龍馬が、肌から玉の汗を噴き出しながら水汲みをこなした。

天秤棒の両端に重たい水桶を下げて運ぶときは、重さに気を取られて気がゆるむのが普通だろう。

ところが龍馬の水汲み姿からは、寸分の隙もうかがえなかった。

水運びを見た人足たちは、あらためて龍馬の凄（すご）さを感じ取った。

午前中の陽で焼かれた川石は、午後にはひときわ熱くなっていた。

石が発する熱を浴びた身体は、汗を出して体温を下げようとする。

たちまち喉が渇いた。

「水をくれや」

水汲み婆が差し出すどんぶりには、冷たくて甘露な湧水が注がれている。

龍馬が汲んできた水である。

「まっこと、龍馬さんが運んできてくれた水は美味（うま）い」

人足はどんぶりを飲み干すたびに、龍馬に正味の感謝を示した。

龍馬を連れてきてよかったと、誠之助は目元をゆるめた。

ところがそんな誠之助が、龍馬に険しい目を向けた。

水汲みを手伝い始めて三日目の夜だった。

「わたしに、ひとつの思案があります。いま話してもいいですか？」

夕餉のあと、水汲み婆が焙じ茶を誠之助に供したところで龍馬が問いかけた。

「構わんぞ」

誠之助はひと口茶をすすった。

まだ蚊帳は吊ってない。ひっきりなしに飛び込んでくるヤブ蚊を、誠之助はうちわを持った左手で追い払った。

右手に持った湯呑みの茶が揺れた。

両手でモノを持つ不作法を思った誠之助は、湯呑みを膝元に戻した。

「人足が一日に二升も水を呑むのは、塩が足りてないからです」

身体から塩気が抜けたままだと、力仕事ができなくなる。

「気を張り続けているのが、むずかしくなります」

日根野道場で師範代から教わった通りを、誠之助に告げた。

「夕餉では、手の込んだ総菜よりも梅干しに人気があるそうです」

龍馬がこれに言い及んだとき、誠之助の顔つきが引き締まった。

「志のさんから聞かされたことですが、これこそ昼間の人足たちに塩が足りていないあかしです」

明日から薄い塩水を人足に呑ませたいのですがと、龍馬は思案を申し出た。

途中までの誠之助は、得心顔で龍馬の話を聞いていた。塩が足りなければ気が抜けると言ったときには、うなずきもした。

が、総菜に言い及んだあとで志のの名を口にしたときに、様子が大きく変わった。

薄い塩水を呑ませたいのですがと龍馬が思案を結ぶと、誠之助の両目は険しい光を宿していた。

「どんな思案かと思って聞いていたら、そんな与太話か」

いつになく誠之助の声は尖っていた。

「船が難破して海を漂っているとき、食い物はなくてもひとは五日は生きられるという。しかし水がなければ三日はもたない」

喉の渇きに耐えられなくて、海水を呑んだらどうなるか。

「気がおかしゅうなって、狂い死にをすると昔から言われてきちゅうぞ！」

塩水を呑ませるなどとは沙汰(さた)の限りだと、誠之助は土佐弁で斬(き)りつけた。

これほどまで誠之助が怒りをあらわにしたのは、思案のことだけではなかった。

誠之助は水汲み婆を密(ひそ)かに好ましく思っていた。

夕餉のあと、志のは気持ちを込めて誠之助に焙じ茶をいれた。白い薄物を身につけていたが、豊かな胸は野放図に膨らんでいた。

誠之助は志のの胸元を見るまいと努めた。

人足たちが遠慮のない目で志のの胸元を見ても、誠之助はいささかも気にならなかった。身分違いの者の野卑な振舞いだと、鷹揚に構えていることができたのだ。

龍馬は年若くて、ひとを惹きつける男だ。その龍馬が親しげに志のさんと名を呼んだとき、誠之助は胸にざらつきを覚えた。

その直後、自分を省みた。

わしは水汲み婆に懸想をした挙げ句、まだ十六の若造に嫉妬を覚えているのか!

おのれに対する腹立ちが、龍馬へのことさらな尖り口調となっていた。

誠之助の怒りを目の当たりにした龍馬は、途方にくれたような顔である。

しかしうなだれはせず、誠之助の後ろの板壁を見詰めていた。

四

龍馬と誠之助とは、同じ部屋で寝起きをしていた。

飯場のことゆえ、部屋の造りは調度品ひとつとしてなく、すこぶる質素である。

しかし人足部屋のように板の間に茣蓙敷きではない。まだ青々としている畳が、十枚敷き詰められていた。

清流がすぐ近くを流れていても、季節は真夏である。戸を閉じた部屋の夜は、ひどく寝苦しかった。

「用心のわるさを案ずることもなかろう。思い切り窓を開けて寝よう」

十畳間の窓は夜になっても開け放ったままでいいと、龍馬に言い渡した。

風が通り抜けるように、東と南の二面に窓が設けられている。四万十川を渡ってくる風は、涼味に富んでいた。

しかし心地よい風には、ひとつの大きな難点があった。

風と一緒に、無数のヤブ蚊が部屋に飛び込んでくることである。

「窓は思い切り開けたちかまんけんど、夜は蚊帳を吊ってもらわな寝られんきに」

飯場で過ごすことになった初日の夜、水汲み婆の志のは蚊帳を運んできた。

二重になった蚊帳で、誠之助と龍馬にそれぞれ用意されていた。

「一重の蚊帳でもうっとうしいのに、二重とはなんとも大げさなことを」

志のの言い分を軽くいなした誠之助は、蚊帳は無用だと告げた。

「わしの組屋敷は蓮池が近くにあってのう。他所よりも蚊は多いが、蚊帳を吊るまでのことはない」

誠之助は志のの前で、城下から先送りしておいた柳行李を開いた。

「これさえあれば、蚊帳は無用ぞ」

誠之助は油紙に包んだもぐさと、焙烙を行李から取り出した。

「このもぐさは、組屋敷の庭に植えた除虫菊の葉をほぐしたものだ」

誠之助の内儀には、小豆島に親戚がいた。除虫菊は小豆島特産の菊で、葉をほぐしたもぐさはヤブ蚊除けに効き目があった。

「わしは枕元でもぐさをいぶすが、効き目があるのはわしの周りだけだ。龍馬は蚊帳を吊ったほうがいい」

「そうします」

志のの手を借りて、龍馬は二重の蚊帳を吊った。

四万十川のヤブ蚊は気性が荒い。

誠之助がわざわざ城下から送らせたもぐさも、さほどに効き目はないことが、その夜のうちに分かった。

夕餉を済ませたあと、誠之助と龍馬は部屋に入るなり行灯(あんどん)を灯(とも)した。上質の菜種油を燃やす遠州行灯で、龍馬と誠之助は一張りずつ灯した。

「明かりをつけたら、すんぐに蚊帳に入らんと蚊に食われるきに」

龍馬は志のに教わった通り、行灯を灯すと同時に蚊帳に入った。

誠之助は行灯を灯してから焙烙にもぐさを載せ始めた。

荷造りに使う細綱の太さにもぐさを調えて、焙烙いっぱいにグルグル巻きに敷き詰めた。

巻きの端に火をつけると、強い香りを放つ煙が立ち上った。

「この煙がヤブ蚊を撃ち落としてくれる」

誠之助は布団に腹ばいになり、行灯の明かりで草子本を読み始めた。しかし最初の丁をめくる前にヤブ蚊に襲いかかられた。

煙は強く立ち上っているが、それで落ちるようなヤブ蚊は一匹もいないらしい。

寝間着の裾からはみ出している誠之助の足に、ヤブ蚊の群れが止まった。

「なんだ、おまえら」

足のほうに振り返った誠之助の大きな手のひらが、ふくらはぎを引っぱたいた。

パシッと強い音がした。

誠之助は一度の叩きで、四匹のヤブ蚊を潰していた。

しかし行灯の明かりを目がけて、ヤブ蚊は羽音を立てて次々と飛んできた。手のひらで追い払おうとしたら、その腕に噛みついた。

焙烙の煙は揺れながらも立ち上っている。しかし城下の蚊と四万十川のヤブ蚊とは、根性の入り方が違っていた。

「こら、たまらん」

大声で志のを呼び寄せた誠之助は、慌てふためいて蚊帳を吊った。

「えらそうに言うたくせに、おまさんの手を借りてしもうたのう」

蚊帳を断ったりして、志のの好意を踏みにじることになった。申しわけなかったと、誠之助は素直に詫びた。

志のはそんな誠之助に好感を抱いた。

誠之助が飯場で暮らし始めてから、毎日猛暑が続いた。志のは身体を使い、人足たちに冷や水を配った。

汗をいとわず、ひたむきに働く志の。

朝から晩まで顔を合わせているうちに、堅物で通っている誠之助は志のに懸想していた。

いつもの夜ならば、夕餉のあとは龍馬と誠之助は連れだって部屋に戻った。そして手早く蚊帳を吊り、行灯に灯をいれた。

書物を何頁か読み進みつつ、一合の寝酒を楽しむ。徳利（とっくり）がカラになれば書物を閉じ、行灯の灯を落とす。

誠之助が行灯を消すと同時に、龍馬も火皿の芯（しん）を指で摘（つま）んだ。

明かりが落ちたあとは、清流の音を聞きながら眠りにつく。

これが誠之助と龍馬のいつもの夜だった。

五月二十四日の夜も、龍馬は誠之助と一緒に部屋に戻った。が、行灯は灯さぬまま、すぐに目を閉じた。

一合の寝酒を飲み終えた誠之助も、五ツ半（午後九時）前には行灯を消した。

先に休んだ龍馬は、四ツ（午後十時）に蚊帳から抜け出した。

誠之助からきつい口調で叱責（しっせき）されたことが、龍馬から眠りを奪っていた。

誠之助はいつも通りのいびきを供につけて深く深く眠り込んでいる。

蚊帳の裾から出た龍馬は、足音を忍ばせて外に出た。空の端から端まで、隙間なしに星が埋めていた。

龍馬は飯場に来て以来、五ツ半過ぎには眠りこけていた。ゆえに四ツの夜空は見たことがなかった。

飯場前の四万十川は浅瀬と深い窪（くぼ）みが入り乱れていた。浅瀬だと思って気を抜いて歩いていると、いきなり二尋（約三メートル）の深みが待ち構えていた。

複雑に入り乱れた川底が、他所では聞くことのできないせせらぎを生じさせていた。

星空は美観である。しかし龍馬は定まらぬ瞳を夜空に向けていた。

誠之助に叱責されたことが、いまもまだ龍馬のこころを落ち着かなくさせていた。

ふうう……。

龍馬にしてはめずらしく、四度も深いため息をついた。

「どういたがあ？　こんな夜中になにをしちゅうがあ？」

背後から志のに声をかけられた。龍馬は志のが近寄ってくる気配をも感じられぬほどに、ぼんやりしていた。

「誠之助さんに、ごっつう叱（しか）られたきに」

寝付きがわるくて星空を見ていたと、顚末（てんまつ）を話した。

水汲みを一緒にやる仲である。龍馬は志のには案ずることなく本心をさらけ出せた。

塩を混ぜたらどうかと思案を話したら、誠之助はいきなり怒りだした。

「なんでもかんでも、道場がどうやら言うな」

日根野道場を、誠之助さんはよく思っていないのかもしれない……龍馬は語尾を下げた。

「そら、おまさんの思い過ごしやき」

明るい口調で言い切った志のは、龍馬の耳元に口を寄せた。

「うちがいま、こじゃんとええ思案を思いついたき」

唇がくっつかぬばかりに耳に寄せて、志のはひとつの思案を聞かせた。

「分かった。そうする」

龍馬は上擦った声で答えた。

東の夜空を星が流れた。

五

五月二十五日は、この夏で一番の猛暑となった。まだ六ツ半（午前七時）だというのに、すでに四万十川河原の石は裸足（はだし）で踏めないほどに焼かれていた。

「なんぜよ、この暑いがは」

「割った卵を石にのせちょいたら、そのまま玉子焼きができるにかあらん」

清流で口をすすぎながら、人足たちは空を見上げた。陽は空を昇り始めて間もなかった。それでいながら、はやくも石を焼いていた。

龍馬と誠之助は、ぎこちない朝のあいさつを交わしただけで、無口のまま仕事についた。

「今日は昨日よりも暑うなりそうですき、早めに水を汲んできちょいます」

誠之助の許しを得た龍馬は、志のを連れずにひとりで水汲みに向かうことにした。

「明日の朝の水汲みには、うちは行かん。龍馬さんひっとりで行くほうが、誠之助さんの機嫌がようなるきに」

昨夜は星空の下で、志のは思案をささやいただけではなかった。

誠之助の機嫌をよくする秘策を、龍馬に伝授していた。

「うむ」

不機嫌さを隠さずに、誠之助は応じた。

水桶を天秤棒に吊り下げて水場に向かう龍馬を、険しい目で追った。

志のが一緒ではないと分かると、目つきがゆるんだ。

龍馬の姿が見えなくなったとき、志のは土瓶いっぱいに注いだ熱い麦湯を誠之助に運んできた。

「今日はこの夏で一番の暑い日になりますきに、たるばあ呑んでもろうたほうがええき」

こんな日は熱い麦湯のほうが身体には優しいからと、志のは言い添えた。

誠之助はわずかにうなずいた。むずかしい顔を拵えようと努めていたが、志のに優しく話しかけられると目元がゆるんだ。


四ツ半（午前十一時）どきになると、ただ立っているだけで肌を汗が伝わり落ちた。少しでも肌を涼しくしようとして、次々に汗の玉を身体が作り出すのだろう。

昼飯まで、あと半刻である。

暑さに茹(ゆ)だった身体と空腹とがもつれあい、脳みその働きを鈍くしていた。

「もう、身体がもたん！」

暑さに根負けした人足のひとりが、四万十川の浅瀬で水浴びを始めた。両手で川水をすくい、身体にぶっかけた。

「こらまた、気持ちがええ」

涼味を喜んだ人足は、両手両足で水を撥(は)ね飛ばした。

「やめちょけ。ひっとりで、なにをほたえゆう（はしゃいでいる）がぜよ」

仲間が人足をたしなめた。が、聞く気はないらしく、さらに激しく身体を動かした。

「ひやっ！」

深みに足をとられたのだろう。甲高い声を残して、人足の姿が消えた。

「いかん！」

「あいつは泳げんがぜよ」

人足たちは川を見詰めた。わずかの間を経たあと、人足の身体が川の真ん中に浮かび上がった。

優に二尋の深さがある場所だ。流されながら、人足は手足をバタバタさせるだけである。

龍馬の動きは敏捷(びんしょう)だった。

着衣を脱ぎ、ふんどしも脱ぎ捨ててから川に飛び込んだ。

幸いなことに晴天続きで、四万十川の流れはゆるやかだった。龍馬は川を一直線に横切り、溺(おぼ)れかけている人足の背後に回った。

溺れる者はワラをも摑むという。

助けにきた龍馬に、人足はしがみつこうとした。

それを避けるために背後に回ったのだ。ふんどしまで外したのも、摑まれる物をなくすためだった。

人足は身体の向きを変えて、力の限りに龍馬にしがみついた。

このままではふたりとも溺れる。

咄嗟(とっさ)の判断で、龍馬は人足の鳩尾(みぞおち)にこぶしを叩き込んだ。

水の中のこぶしは、力が大きく削(そ)がれる。しかし渾身(こんしん)の力で繰り出した突きは、見事に人足の鳩尾を捉(とら)えた。

「ウプッ」

人足は息を詰まらせ、身体から力が抜けた。

龍馬は背後から抱きかかえたまま、川岸に向かって泳いだ。

浅瀬に群がっていた人足たちが、気絶している仲間を引っ張り上げた。

龍馬は日焼けした長身を、人足たちの前にさらした。

龍馬の逸物(いちもつ)は、いささかも縮こまってはいない。

人足たちは感服に耐えないという目で、龍馬の股間(こかん)を見詰めていた。

六

深みに足を取られ、溺れそうになった人足を、龍馬は敏捷な動きで助け上げた。

日根野道場で習得できた水練の、目を瞠(みは)らんばかりの成果だった。

「よくぞ、してのけた」

誠之助は龍馬を正味の言葉で何度も称えた。前夜から抱え持っていた悪感情を、誠之助は跡形もなく捨て去っていた。

龍馬に助けられた人足は、興津の山奥を在所とする二十七歳の尚助である。

「ヤマのことやったら、わしは知らんことはひとっちゃあないけんど……」

川を知らなかったばかりに舐めてかかった。今後は気合いを入れ直して作事にあたると、大きな身体を二つに折って誠之助に詫びた。

「よう言うたのう。それでこそ男じゃ」

自分の非を潔く認めた尚助を、誠之助は大いに気にいったようだ。

尚助を下がらせたあと、志のを呼ぶようにと龍馬に言いつけた。

昼飯の支度に追われていた志のは、急ぎ駆け寄ってきた。

尚助の溺れ騒動の手伝いで、志のは昼飯支度の手を四半刻（三十分）も止められた。

このうえさらに手が止まったりしては、昼飯が間に合わなくなる。駆けつけてきたときの志のは、顔つきが強ばっていた。

「今日は龍馬がよう働いてくれたし、人足らあも仲間を助けるがに骨惜しみをせざった」

上機嫌の誠之助は土佐弁で話した。

「昼飯は河原で食うことにする」

作事は工程表の段取り以上に進捗している。今日は昼飯のあとは作事を休みにするゆえ、酒をひとり二合ずつ振る舞うように。

昼飯が遅れることは、人足頭から伝える。

手短に用向きを伝えた。

「何度も手を止めさせて済まなかったが、そんな次第だ。メシの支度の遅れは気にせずともよいぞ」

誠之助の物言いは、朝とは打って変わって上機嫌である。

「わかりましたあ」

志のも語尾を引っ張り、明るい顔で応じた。

半日の仕事休みがもらえたと分かり、人足たちの昼飯は大いに盛り上がった。

太い竹筒は、二合徳利の代わりである。冷や酒を好む者は、そのまま口をつけた。

「竹筒で燗つけをしたら、青竹の香りが酒に混ざってしょう（とても）美味いきに」

燗酒を好む者は、竹筒を火の脇に突き立てて好みの熱さを得ていた。

東西に長い河原の六カ所で焚き火が燃えている。

メシは志のが炊きたてを用意した。

酒の肴は、目の前の四万十川で獲った魚である。人足のなかには川漁師の俊蔵もいた。

日々の漁は息子たちに任せて、当人はカネの実入りとなる人足に加わっていた。

俊蔵は投網を飯場に持ち込んでいた。志のに頼まれたときは、夕餉の一品を獲るために投網を使った。

「龍馬さんには世話になったきにのう」

飯場の川舟を向こう岸近くに漕ぎ出した俊蔵は、三度の投網で五十尾を数える鮎などを獲った。志のの手伝いを得て急ぎ竹串を打ち、塩をあたった鮎を焚き火に立てかけた。

獲れたての鮎が昼飯の一品になり、昼酒の肴にもなった。

鮎が焼き上がったころには、河原の方々から龍馬を招く声が挙がった。

「龍馬さんも、ここで一緒に一杯やってつかあさい」

仲間を助けた龍馬には、人足たちが自分の酒を差し出した。

「今日はおまえが宴の主役だ。存分に楽しんでいいぞ」

誠之助の許しを得た龍馬は、西端の組から順に回った。ひとつの組が五人で、五組それぞれが焚き火のやぐらを構えていた。

端の組で差し出された竹のぐい呑みに、龍馬は軽く口をつけた。

「みんなのところを回らせてもらいますき、こればあでこらえてください」

龍馬は笑みを浮かべた顔で、軽い呑み方の詫びを言った。

「龍馬さんがおったがで、尚助は命が助かったがですきに」

「わしらの酒をちくとでも含んでくれたら、それで充分ですらあ」

人足たちは気持ちを込めて龍馬に接した。

自分たちよりはるかに年下の龍馬を、真の男と認めているのだ。龍馬が次の組に移るときには、河原の石に正座をして送った。

尚助は四番目の組にいた。

「ようこそわしの暴れを塞いで、抱きかかえてくれたのう。おまさんの一発は、いままで食ろうちことのない一発じゃった」

龍馬に正座で礼を伝えた。

龍馬も正座をして言葉を受けた。

気持ちのこもった礼を言いながらも、尚助の顔には口惜しさも刻まれていた。

龍馬はそれに気づいた。

「尚助さんは、いままでひとに負けたことがないがですろう？」

問いは図星だった。

「分かってくれたがか？」

尚助の顔つきが明るくなった。

「たいがいのことやったら、わしも負けたことがないきに」

よくぞ問うてくれたとばかりに、尚助は在所の山での武勇伝を語り始めた。

龍馬は河原の石の上であぐらを組んだ。


尚助が生まれ育った興津の山には、イノシシが多く棲んでいた。

二本の長い牙を使って巧みに土を掘り、滋養に富んだ自然薯を探り当てる。

これがイノシシの習性である。

尚助が暮らしていた集落には、他所の何倍もの自然薯が育っていた。

カネの実入りの少ない村にとって、地中深くに育ってくれている自然薯は、まさに金づるだった。

イノシシの群れは、一夜のうちに根こそぎ食い散らかした。

「シシの好きなようにされてたまるか」

村長の指図で、尚助たち村の若者三人は不寝番につくことになった。だれもが腕力自慢の三人だった。

今夜あたりが危ないと見当をつけたのは、村一番の空見の目を持つ杣人(そまびと)だった。

「今夜は満月やし、雨は朝まで降らんきにのう。あいつらは丑(うし)三つ(午前二時過ぎ)に出て来るがは間違いない」

杣人は強い口調で請け合った。

それを受けて尚助たち三人は自然薯がかたまって育っている山肌の近くで、寝ずの番を始めた。

イノシシは満月の明かりを嫌い、月が出ている間は寄ってこない。

丑三つまでは気を張っていた若い者ふたりは、八ツ半(午前三時)を過ぎると居眠りを始めた。

七ツ(午前四時)には、ふたりともいびきをかいていた。

尚助も居眠りをしてしまい、仲間のいびきをたしなめられなかった。

月の明かりが失せた七ツ過ぎに、二頭のイノシシが出てきた。鼻を利かせて、地中深くに育っている自然薯を探り当てた。

しかし牙で掘り出す前に、不寝番の三人の気配に気づいた。いびきが聞こえたのかもしれない。

一頭が三人のいる方角に鼻を向けた。自分たちの獲物を横取りする敵だと、その一頭は見なしたのだろう。

他の一頭が土を掘り返し始めたとき、鼻の大きなイノシシが身構えた。

ブオッ。

尚助は居眠りをしていたものの、異変には聡(さと)い男だ。イノシシの鼻息で飛び起きた。

しかし仲間を起こす間もないうちに、イノシシが突進してきた。

尚助は樫の木刀二本を持っていた。

空にはもはや月はなく、星明かりだけである。尚助は向かってくるイノシシめがけて木刀を投げつけた。

使い慣れた木刀で先は真剣のように尖っている。尚助が鍛錬のときに渾身の力を込めて投げれば、稗(ひえ)の詰まった俵を突き抜ける威力があった。

明かりのないなかで、勘だけで投げた木刀だったが、イノシシの右目に突き刺さった。

敵を見失ったイノシシは勢いが止まらず、杉の大木に激突して果てた。

異変を察した残る一頭は、尚助たちとは反対側の山に逃げ込んだ。

木刀で仕留めたイノシシは、六十貫（約二百二十五キロ）もある大物だった。

七

話を聞き終えた龍馬は、目を輝かせて尚助を見た。

「そんな凄（すご）いひとを抱きかかえられたおれは、まっこと果報者です」

龍馬の両目は尚助を称えていた。

尚助は龍馬にコロリとまいっていた。


半日の休みから一夜が明けた二十六日も、まだ晴天が続いていた。

四ツ（午前十時）どきになると、人足たちは競い合うようにして水を求めた。

「こっちにも頼むでえ」

「水をくれえや」

昨日は昼間から酒が回った。

鮎の塩焼きを拵えるとき、俊蔵はいつも以上に多くの塩を魚に散らした。

夏場の塩焼きを美味く仕上げるコツだ。

酒と塩焼きの塩と、夕餉の握り飯の塩が、一夜明けたあとで身体のなかを走り回ったのだろう。

人足たちに水を配り終えた志のは、台所の裏手で麦湯を仕込み始めた。

鉄の大鍋（おおなべ）いっぱいに湯を煮立たせたあと、麻袋に詰めた麦茶を鍋に投げ入れた。そして麦茶のうま味が充分に煮出されるまで、鍋の具合を見続けた。

煮出しをしくじると、麦湯はたちまち苦味を出すからだ。二度、三度と志のは麦湯の味見をした。

「まっこと美味い」

言葉に出して美味さを確かめてから、麦茶の袋を鍋から取り出した。

火を落とし、鍋の麦湯を冷まし始めたとき、ほどよい量の塩を加えた。龍馬が誠之助に進言して撥ね付けられた塩を、である。

熱い湯では、塩味は感じにくい。が、冷めれば塩は立ち上がってくる。

ほどのよい量は、志のの勘に任されていた。

「これやったら、ええ案配やきに」

得心がいったところで、志のは麦湯を大瓶（おおがめ）に移した。それを四万十川の河原に運び、清流につけて冷ました。

大瓶ふたつ分の麦湯は、昼飯のあとで人足たちに供することにした。

食休みで飯場の板の間に横たわっていても、身体から汗が噴き出してしまう猛暑だ。

「仕事を始める前に、麦湯を一杯くれや」

最初に呑んだのは尚助だった。

「なんや知らんけんど、この麦湯はいっつも呑みゆうがより美味い」

尚助は大声で麦湯を褒めた。

「わしにもくれや」

「おれも一杯でええきに、呑まいてくれ」

午後の仕事が始まる前に、大瓶ひとつがカラになった。

人足の喜び方を見ていた誠之助も、麦湯を呑みにきた。

「今日の暑さには、この麦湯が一番美味い」

呑む前から、誠之助は塩を加えた麦湯だろうと見当をつけていたようだ。

「またしても龍馬にしてやられたの」

それでも誠之助の顔は、ほころんでいた。

湯呑みを志のに戻した誠之助は、台所の戸口で立ち止まった。

「それにつけても、龍馬のモノはでかい」

小声のつぶやきは、志のには聞こえていなかった。

第二章　慎太郎、母の死

一

嘉永四（一八五二）年は四月六日が立夏だった。

山村の陽気は、律儀に暦を守りながら移ろうらしい。

暦のうえで夏が立った翌日の四月七日。

北川村の山道は、白さを増した陽光で焦がされ始めた。

「梅雨もまだずっと先やというがやに、朝からげに暑いのう」

「昨日が立夏やき、それを過ぎたら暑うなっても当たり前じゃ」

きつい傾斜の山道の途中で、農夫の田助と孫七が空を見上げた。

まだ五ツ（午前八時）を過ぎて間もないというのに、高い空の天道は大きかった。

「おんしゃあ、昨日は大庄屋さん家に顔を出したかや？」

「出さざったけんど……それがどうかしたがかよ」

孫七は首に巻いた手拭いで、ひたいの汗を拭った。山道を二町（約二百十八メートル）登っただけで、ひたいには粒の汗が噴き出ていた。

「丑さんの顔に、いまのおまさんばあの汗が浮いちょったがぜよ」

田助は顔つきを曇らせた。が、孫七はまるで気に留めずという顔のままだ。

「昨日が立夏じゃきにのう」

顔に汗を浮かべていても不思議はないだろうと、孫七は言い返した。

「そら違う」

田助は首を強く振り、孫七との間合いを詰めた。坂道の小石ふたつが、傾斜を伝って転がり落ちた。

「丑さんがおったところは井戸端でのう。ひとつも陽が当たらん場所じゃ」

大庄屋屋敷の井戸端を吹く風は、真夏でもたっぷりと涼しさを含んでいた。井戸の先には竹藪があり、笹の葉が縦横に揺れて暑気を冷ますからだ。

青い香りまで含んだ風を顔に浴びながら、丑は大汗をかいていた……田助はそれを心配していた。

「真夏でも麦わらもかぶらんと山道を行きよったち、丑さんはひと粒の汗もかかんばあ達者なひとやろが」

「そりゃまあ、丑さんはそうじゃ」

孫七も渋々ながら、田助の言い分にうなずいた。

「丑さんの顔に浮いちょった汗は、尋常なもんじゃないきに」

田助は声を潜めた。山道に人影などないのに、耳を気にしていた。

「身体の達者が売りモンのひとに限って、急に寝込んだりするきにのう」

丑の様子をおまえも気にかけていてくれと、田助は頼んだ。

「分かった」

孫七もこの頼みには素直に応じた。

中岡（なかおか）家に男児を授かるまでは、幾つになってもこどもを産むきに……。

丑がこれを言い続けていたのは、北川村のだれもが知っていた。

その丑が見事に慎太郎（しんたろう）を出産したのは、いまから十三年前の天保九（一八三八）年である。

母親の丑は三十四歳、父親小傳次（こでんじ）はじつに五十八歳だった。

「ようこそ産んだもんじゃ」

「この上なしにめでたいことやけんど、母子ともに無事がやろうか……」

村人たちは、正味（しょうみ）の顔を見交わして丑と慎太郎を案じたのだが……。

「まだふた月にもならんがやに、坊ちゃんの目方はもう一貫五百匁（もんめ）（約五・六キロ）もあるらしい」

どこのこどもよりも慎太郎が息災に育つ姿を見て、村人は丑の頑丈さをあらためて思い知った。

「丑という名前ばあのことはある」

「まっことあのひとは、大したもんじゃ」

丑の達者ぶりを村人たちは我がことして喜んだ。

その慎太郎も、すでに十四歳である。いまでも片道半刻（約一時間）の道のりを経て、島村（しまむら）塾ていた。

慎太郎の成長を喜ぶとともに、三十四の高齢で丈夫な子を出産した丑の達者をこころから称(たた)え
慎太郎が達者なのも、丑のおかげ。

日焼け顔をほころばせながら見守っていた。

やがては小傳次の跡を継いで大庄屋となる慎太郎である。その成長ぶりを村のおとなたちは、

「坊ちゃんがあればあ達者に山道を行けるがも、丑さんが丈夫な子に産んだがこそぜよ」

に通っていた。


「わしのおばあがぽっくり逝く前の二カ月ばあは、暑うもないがやに、ひっきりなしに汗をびっしょりかきよった」

案じ顔で話す田助は、ひたいに深いしわを刻みつけた。

「言うたらなんやけんど、おまさんのおばあと丑さんとは、身体の出来が違うきにのう」

言い返しながらも、孫七も顔を曇らせた。

丑が息災であることは、北川村みんなの強い願いだった。

二

田助と孫七が野良仕事に汗を流していた、四月七日の四ツ（午前十時）どき。

慎太郎は島村塾の板の間に正座して、塾長の話に聞き入っていた。

「天保十四（一八四三）年から嘉永元（一八四八）年までの、わずか五年の間に、土佐藩では藩主が三人も交代をすることになった」

言葉を区切った塾長は、黒塗りの文机（ふづくえ）に目を落とした。

『土佐藩実記（控）』と表題の書かれた綴（と）じ本の表紙が、差し込む陽を浴びていた。

塾長は土佐藩実記を開き、記述を目で追いながら話を続けた。

「山内豊熙（やまうちとよてる）様は、天保十四年三月七日に襲封（しゅうほう）なさられ、第十三代藩主の座にお就きになられた」

塾長は薄板に貼（は）り付けた半紙に『襲封』と大書きし、大名諸侯が領地を受け継ぐことだと言葉の意味を教えた。

「豊熙様は、まことに聡明な藩主であらせられた」

医学の道を開き、学問の大切さを重役にも家臣にも説いた。

同時に豊熙は武芸鍛錬を奨励した。

「文武両道こそ、我が土佐藩を貫く背骨であると心得よ」

豊熙はみずから竹刀や木刀を握り、三の丸の練武場で日々の鍛錬を続けた。

若き藩主の武芸鍛錬を目の当たりにして、多くの家臣があとに続いた。

「まことに惜しいことに、弘化が嘉永へと改元された年の七月十七日に、豊熙様は卒せられた」

塾長は貼り替えた半紙の真ん中に『卒』の字を書いた。

「これはそつと読む。言葉の意味を知っておる者は手を挙げなさい」

塾長に言われて挙手したのは、慎太郎ただひとりだった。

「中岡、意味を答えなさい」

「はい」

歯切れのいい返事をした慎太郎は、その場に立ち上がった。答えるときの作法である。

「貴人が亡くなられたことを卒と言います」

松林寺の禅定和尚から、慎太郎は卒の意味を教わっていた。

「正しい」

慎太郎の答えを褒めて座らせたあと、塾長は話の続きに戻った。

「まことに頑健なお身体であられた豊煕様の急逝で、藩のご重役は狼狽を極めた。よもや豊煕様が三十四の若さで卒せられるとは、だれひとり考えてもいなかったからだ」

豊煕の急死を徳川幕府に知られては、どんな言いがかりをつけられるやも知れない。

土佐藩重役は二カ月余りも豊煕急死を隠した。その間に山内家本家・分家の中から十四代藩主にかなう者はだれかと評定を続けた。

豊煕には九歳年下の実弟、豊惇がいた。

本来ならば豊惇が十四代藩主に就けば何ら公儀に豊煕急逝を隠すこともなかった。

しかし重役たちは豊惇の病弱を危ぶんだ。

豊煕とは違い、豊惇はいつも血の気の引いたような、青白い表情を見せていた。

季節の端境期には、決まって体調を崩して長患いをした。

豊煕に続いて、もしも豊惇までが急死するようなことになったら……。

重役たちはこれを恐れたがゆえに、他に十四代にふさわしい者はおらぬのかと探したのだ。

が、分家の者を藩主に就かせるには、公儀幕閣に入念な根回しが必要だった。

豊熙急逝の露見を恐れた藩重役たちは、やむを得ず嘉永元年九月六日に、豊惇の十四代就任を届け出た。

しかし危惧は的中した。

豊惇は十四代の座も温まらぬ九月十八日に病死した。わずか十二日の藩主だった。

周章狼狽した重役は、またもや藩主病死を隠した。

豊惇病死から三カ月が過ぎた嘉永元年十二月二十七日に、土佐藩は公儀にふたつの届け出を行った。

十四代豊惇の致仕（官職を辞すること）と、山内豊信の第十五代藩主就任を、である。

公儀は土佐藩の虚偽申告を承知のうえで、届け出を受理した。

天保末期から、太平洋沿岸には異国船がたびたび接近していた。

土佐藩が擁する鯨組は、異国船の早期発見には特段の力を発揮していた。

土佐藩とことを構えるのは、時節柄得策ではないと、幕閣は判断したのだろう。

豊信は十五代藩主として認められた。

「ひとの生き死にはすべて、神仏の手に委ねられている」

生まれることと死することは、武家も町人も農夫も等しいと塾長は説いた。

「ただし高貴な方が突然に卒されたあとは、多くの揉め事を残すことになる」

命あるものは、かならず死ぬ。

この道理をわきまえて、おのれを律しながら今日を生きるようにと、塾長は諭した。

十四歳の慎太郎は、体調の芳しくない母親を思いながら話を聞いていた。

三

嘉永四（一八五一）年五月一日、七ツ（午後四時）どき。

西空に移っているとはいえ、空の天道はまだまだ威勢がよかった。それも道理で、今年の立夏はひと月近くも前の四月六日である。

一日過ぎるごとに、北川村を焦がす陽差しは強さを増していた。

晴れても降っても七ツどきの慎太郎は、大庄屋屋敷まで半里（約二キロ）の場所にそびえ立つ一本杉のわきを歩いていた。

緑濃い山道にまで響き届いてくる時の鐘など、周辺の集落にはなかった。

が、慎太郎はいまが七ツだと分かっていた。時の目印となる一本杉の前に差し掛かっていたからだ。

「おまえたちは身体の芯に、いまが何時であるかを刻みつけよ」

島村塾の塾頭は、正しい時を知ることの大事を説いた。そして身体に時を覚え込ませる稽古を、塾生たちに続けさせた。

「おんしゃあ、どういて、それぱあきっちりと時が分かるがぜよ」

年長の塾生たちは慎太郎に詰め寄った。

「塾の内では土佐弁を使うことは禁ずる。無駄話をする折にも武家言葉を使うように」

塾頭からしゃべることを禁じられている土佐弁で、慎太郎を詰問した。師の教えを塾生が忘れてしまうほどに、季節ごとの慎太郎の時読みは鮮やかだった。

「おまえには土圭（とけい）は無用だな」

落ち着きを取り戻したあとの塾生のひとりは、武家言葉で土圭を指差した。

島村塾の授業部屋には、高さが三尺（約九十センチ）もある土圭が据え付けられていた。土佐藩藩主から塾頭に下された、恩賜（おんし）の土圭である。

塾頭は季節ごとに異なる天道の動きを、庭に立たせた塾生に追わせた。そして四季それぞれの天道の位置を覚えさせた。

慎太郎はどの季節の「時判じ」でも、常に満点を取っていた。

山道を歩きながら、慎太郎は天道を常に目で追っていた。そして七ツには大庄屋屋敷まで半里の一本杉に差し掛かるように歩みを加減していた。

五月一日は、この夏一番の暑さとなった。

一本杉から先は登り道がきつくなる。

濃緑の針葉が西日をさえぎる杉の根元で、慎太郎は休息するのを常としていた。

今日は四半刻（三十分）ほど、ここで休もう。

慎太郎はめずらしくくたびれていた。

昨夜の丑は、夜中に苦しげなうめき声を漏らした。滅多なことでは弱音を吐かない丑だが、真夜中を過ぎて身体の内にきつい痛みを覚えたのだろう。

「わたしがやります」

姉と父とをわきに押しのけて、慎太郎は丑の背中をさすり続けた。

「おまさんの手は、まっこと優しいちや」

丑は大きな手で息子の手首に触れた。喜びが、丑の手から溢(あふ)れ出ていた。

塾の道場で続けている剣術稽古の折には、怪我(けが)の手当て方法も師匠から伝授された。

慎太郎が背中を撫(な)でると、丑は身の内を攻めている痛みを忘れることができた。

剣術稽古の師範から、慎太郎は打ち身などの痛みを和らげる術を学んでいた。

丑の背中を撫でながら、慎太郎は学んだ技の限りを尽くした。が、技だけが丑に効いたわけではなかった。

愛息の手のひらから伝わりくる、慈愛の想(おも)い。それを感じ取れたことで、痛みが退(ひ)いていた。

半刻ほどさすっていたら、丑は眠りに落ちた。母の安らかな寝息を耳にして、慎太郎も床に戻った。

いつもより一刻も眠りが足りないまま、夏の夜明けを迎えた。

塾にいた間は、座学のときも剣術稽古も気を張ってこなした。慎太郎に眠りが足りないと見抜いた仲間は皆無だった。

帰り道も気を張って、一本杉まで休まずに歩き通した。

一本杉の根元で吸筒の水を呑み、木立を渡ってきた涼風を頬に浴びた。

いつもの慎太郎ならわずかな休息で、きつい山道を帰る気力が湧き上がった。

今日に限って杉の老木にもたれかかり、うたた寝をした。

しかし剣術稽古で鍛えた身体は、まだ十四歳ながらに気が研ぎ澄まされている。四半刻が過ぎたところできっぱりと目覚めた。

「なんと、うかつなことを！」

慎太郎は独り言も武家言葉である。四半刻のうたた寝を、強く悔いた。

屋敷までは半里だ。慎太郎が足を急がせれば、きつい登り道でも四半刻あれば帰り着けるだろう。

山の稜線に陽が落ちるまでには、まだ充分に時が残っていた。慌てることもない。

しかしうたた寝をした自分を、慎太郎は許せなかった。

母上はいまも床に臥せっておいでだ。それなのに自分は惰眠をむさぼった……。

このことが許せなかったのだ。

杉の根元から立ち上がった慎太郎は、手提げ袋から論語の写し本を取り出した。

毎日、塾で素読を続けている教本だ。

うたた寝をした自分に、論語を素読しながら山道を歩く罰を加えた。

昨日、塾で二宮尊徳（にのみやそんとく）のことを教わった。

「相模（さがみ）国にお生まれになった二宮尊徳先生は、まだ十歳の折にはすでに一刻を惜しんで教本を読まれたという」

なにによらず書物には知恵が詰まっている。時を無駄遣いせず、二宮先生を真似（まね）よと塾頭は説いた。

「いつの日にか相模国に赴き、二宮先生に教えを請うのが、いまのわしの唯一の望みだ」

二宮尊徳先生はすでに六十路（むそじ）を大きく越えた高齢だが、まだ達者でおいでだ。なんとしてもお目にかかりたいと、塾頭は尊徳との邂逅（かいこう）を望んだ。

我が師匠がそこまで敬うお方なら、ぜひとも真似をしたいと、慎太郎は強く思った。

山道を登りながら論語を素読するのも、塾頭から聞かされた二宮尊徳の逸話を真似てのことだ。

「子、のたまわく……」

大声で素読しながら山道を登った。

道は幾重にも曲がっており、陽が杉林に隠れると山道はいきなり暗くなった。手に持つ論語の写し本も、字が読みにくくなった。

が、慎太郎は写し本を丸ごと諳（そら）んずることができるのだ。文字が読めなくても、いささかも素読の声は変わらなかった。

「あの声は、慎太郎さんにかあらんき」

「やっともんて（帰って）きたちゃ」

村の悪童どもは、一間半（約二・七メートル）しかない狭い山道の端から端まで、荒縄を這わせた。

縄には馬糞を塗りつけてあった。

陽が杉に隠されており、八ツ（午後二時）を過ぎたあとは日陰が続く場所だ。七ツを大きく過ぎたいまは、日暮れどきのように薄暗くなっていた。

慎太郎が通りかかったら、綱の両端を思いきり引っ張る。避けきれない慎太郎は、馬糞まみれの荒縄の餌食になる……。

これが悪童どもの企みだった。

いつもなら四半刻以上も前に、慎太郎は通り過ぎていたはずだ。

いまかいまかと待ちかねていたこどもたちは、素読の声を聞いて色めき立った。

「おんしゃらあ、そっちの端を摑んで、はやいとこ隠れんかよ」

年長の男児が小声で指図をし、自分も反対側の杉木立のなかに隠れた。

慎太郎は素読を続けながら、様子のおかしさを肌身に覚えていた。

四半町（約二十七メートル）先の山道の両端に、こどもが潜んでいる気配を感じた。いきり立っているこどもは、強い気配を発する。それを慎太郎は感じ取っていた。

場所は日陰の山道。鼻に気を集めて嗅いだら、馬糞のにおいがした。

目を凝らして先を見たら、荒縄が地べたを這っているのが見て取れた。

あれを企んでいるのか。

悪童の企てを、あっさりと見破った。

馬糞を塗った縄にひとを引っかけるのは、慎太郎も為してきたいたずらである。

見抜いた慎太郎は、気づかぬふりを続けて山道を進んだ。近づくにつれて、こどもたちが息を詰めている気配が強く伝わってきた。

写し本を掲げ持ったまま、先を見た。

たっぷりと馬糞が塗られた縄が、地べたを這っているのが分かった。

慎太郎は素読の声を一段大きくして、こどもたちの油断をおびき出した。

声を張りつつ、利き足で縄を踏むように歩みを加減した。
三、二、一。
論語を読みながら胸の内で一を数えたとき、利き足で縄を踏んだ。

両端に潜んだ悪童が、力を込めて縄を引いた。が、慎太郎が利き足で踏みつける力のほうが強かった。

「出てこい！」

慎太郎の大音声が山道に轟いた。声変わりはしていないが、肚の底から発した声である。

うわっ！

悪童五人は悲鳴を上げて、その場から逃げ出した。

道には荒縄が残されたままである。行き交う者の邪魔にならぬように、慎太郎は道の端に片付けた。

「あんな声、聞いたことがないき、慎太郎さんは天狗（てんぐ）にかあらん」

五人の悪童は、真顔で村中のこどもにこれを言いふらしていた。

四

大庄屋屋敷の玄関横には、高さ四尺（約一・二メートル）、幅が八尺（約二・四メートル）もある大型の掲示板が設けられていた。

月の大小。

毎日の十干十二支。

農作業の指図。

これらを視力の衰えた年配者にも分かるように、大型の木札に描いて掲げる掲示板だ。

五月二十日の明け六ツ（午前六時）過ぎ。慎太郎は掲示板の前に立っていた。

十四になった今年の正月から、毎日の札を掛け替えるのは慎太郎の役目となっていた。

ヤギの乳のように濃くて白い朝靄（あさもや）が、慎太郎の身体にまとわりついている。それを突き破るかのように、両腕を強く突き上げた。

うううっ。

慎太郎は身体に存分に伸びをくれながら、声を漏らした。

ウワンッ。

飼い犬の武蔵(むさし)が慎太郎の足下で小さく吠(ほ)えた。まだ一歳だが、猟師犬の子犬だけに気性がはっきりしていた。

慎太郎が掲示板の前に立つと、武蔵はどこにいても駆け寄ってきた。

「今日は朝からひと雨来そうだ」

慎太郎が話しかけると、武蔵は尾を振ってうわんっと答えた。

朝顔の葉が湿っているほどに、朝靄は濃い湿り気を含んでいる。慎太郎が見立てた通り、今日は雨の一日となりそうだった。

身体を前後左右に引っ張り、存分にほぐしてから十干十二支の木札を手に持った。

今月は二十九日までの小の月だ。月の大小を示す札は、黒地に白抜きされた『小』の面が掛けられていた。

五月二十日の今日は丙午(ひのえうま)だ。札を手に持ったまま、慎太郎は目を閉じた。明け六ツを過ぎているが、今朝は朝日を拝めない。

日の出の方角に向かって、慎太郎は深い辞儀をした。

今日が丙午だと分かったときから、胸の内には重たいものを抱え持っていた。それを振り払うかのように、深々と辞儀をした。


母親の名は丑だ。

十二日に一度巡ってくる午の日は、なぜか母親とは相性がよくなかった。

慎太郎を出産したとき、丑は三十四だった。

「よくもまあ、あの歳で……」

周りのだれもが吐息を漏らしたほどの高齢出産だった。が、慎太郎は息災に育った。

丑も産後の肥立ちもよく、臥せることも滅多にないまま四十の峠を難なく越えた。

慎太郎が十一、丑が四十四となった嘉永元（一八四八）年の夏を過ぎると、丑は時折り頭痛を訴えるようになった。

「母上は午の日に限って、強い頭痛を覚えるようです」

慎太郎がこれを禅定和尚に話したのは、去年（嘉永三年）の秋だった。

慎太郎に言われて、和尚は丑の様子に注意を払い始めた。和尚は村の医者も兼ねており、丑も禅定和尚が診ていた。

およそ二カ月が過ぎたとき、和尚は小傳次を寺に呼んだ。

「慎太郎から聞かされたときは、拙僧も半信半疑だったが、確かに丑殿は午の日に限って容態がよろしくないようだ」

すべての午の日に様子がよくないわけではなかった。

しかし丑が頭痛を訴えるのは、午の日に限られていた。

「身体の調子をつかさどる波が、たまたま午の日によろしくなくなるのだろうが、気をつけるにこしたことはない」

和尚はこのことに気づいた慎太郎を褒めた。

「丑殿を大事に思えばこそだ。慎太郎はまことに孝行息子じゃの」

和尚の褒め言葉を、小傳次は胸を張って受け止めた。

できることなら、午の日の札は掛けたくない……木札を手にしたまま、慎太郎は掛けるのをためらっていた。

今日がただの午ではなく、丙午だったからである。

十干の丙と十二支の午が重なり合うのは、きわめて希だった。その希な組み合わせが、よりにもよって今朝だった。

三日前から、丑は終日臥せっていた。

三日も続けて起き上がれない母親を見るのは、慎太郎は初めてである。

「島村塾は休みます」

丑が臥せった初日に、慎太郎はこれを申し出た。丑は強い口調で拒んだ。

「これればあのことは、なんちゃあやないき」

いらぬ心配などせずに塾に通いなさいと、丑は慎太郎を寝間から追い出した。

「分かりました」

強く案じつつも、慎太郎は母親の言いつけに従ってきた。しかし母親が三日も臥せり続けるとは、思ってもみなかった。

今朝はいままでとはまるで違う、いやな胸騒ぎを覚えていた。

じっとりと湿った、濃密な朝靄。丑は気持ちよく晴れた朝の訪れを好んだ。

今朝は丑の好みとは正反対の夜明けだった。

しかも丙午である。

母上がなんと言われようが、今日は終日、屋敷にとどまっていよう。

慎太郎の決意が、足下に座っている武蔵にも伝わったらしい。

ワンッ。

慎太郎を見上げて、強く吠えた。

それがきっかけとなったのか、太い雨粒が落ちてきた。

五

中岡慎太郎の母・丑は、嘉永四（一八五一）年五月二十一日早朝に没した。

享年四十七。

慎太郎が日課の札を掛け替える前の逝去であった。

慎太郎が案じた通り、丑は丙午の八ツ（午後二時）過ぎに容態を急変させた。この日は朝早くから、禅定和尚は大庄屋屋敷に薬簞笥(くすりだんす)持参で詰めていた。

和尚にも、なにか感ずるところがあったのだろう。頼まれもしないのに、朝早くから往診していた。

和尚がきてからの丑の容態の悪化ぶりは、尋常ではなかった。

「寺までこれを取りに行ってもらおう」

和尚は寺に残っている薬草主事にあてて、一通の処方箋をしたためた。

「わたしが行きます」

手早く蓑と笠で支度を調えた慎太郎は、土砂降りの山道を寺へと向かった。

暴風が吹き荒れていたこともあるが、母を案じて慎太郎はこの日は塾通いを休んでいた。

山に降る夏の雨は、天の底が抜けたかと思える凄まじい勢いだ。小道はわずか半刻（一時間）の間に川と化していた。

寺に向かう闇の山道を、慎太郎は水を掻き分けるようにして登った。

帰り道は奔流となった水に足をすくわれぬよう、充分に気遣いつつ下った。

薬草主事が調合した薬を、泥水に浸けることを案じての用心だった。

和尚が調合を命じたのは、猛烈な効き目と副作用を併せ持つ頓服だった。

「身体が丈夫な丑殿だからこそ、調合を思い立った怖い薬じゃ」

和尚みずから煎じた頓服を、口の細い器で丑に飲ませた。

「胸のつかえがとれた気がするきに」

七ツ（午後四時）を過ぎて、この日初めて丑から明るい調子の声が出た。

「なにか口にされたほうがよろしい」

卵を落としたかゆなら滋養がつくということで、女中が急ぎ調理をした。丑が食べやすいように、女中はほどよく冷ましてから寝間に運んできた。

横たわっていた丑は、和尚の手で起こされた。かゆを口にする前に、和尚は脈を診た。

「調子が戻っておる。口にしても構わぬ」

ゆっくりと食べさせるようにと言いつけて、和尚は寺に戻った。朝から大庄屋屋敷に詰め切りだったがゆえに、ひとまず寺に帰らざるを得なかったのだ。

幸いなことに、雨は小降りになっていた。

が、外はすでに暮れかけていた。油紙をかぶせた提灯（ちょうちん）を提げた下男が、和尚の先に立って屋敷を出た。

和尚を見送った慎太郎が戻ってきたあとで、丑はかゆに口をつけた。

「卵が入っちゅうがやねえ」

ぜいたくなものをありがとうと、丑は女中に礼を言った。臥せっていても、奉公人への気遣いは忘れなかった。

絶妙な塩加減の卵がゆだったが、丑は匙（さじ）で三口をすすっただけで横になった。

そのまま眠りに落ちた丑は、丑三つ（午前二時過ぎ）どきになって大きないびきをかき始めた。

「尋常ないびきではありません」

寝間で仮眠をしていた慎太郎は、父親にいびきの異常さを訴えた。

「和尚様を呼んできます」

「作蔵（さくぞう）を一緒に連れて行きなさい」

父親の指図に慎太郎は従った。

すっかり雨が上がり、丑三つ時の夜空を星が埋めていた。月もまだ空に残っている。

慎太郎と作蔵はそれぞれ提灯を持ち、足下を照らしながら寺に向かった。雨に濡れた山道は、ゆるくて滑りやすかった。

寺に着くと、和尚がみずから慎太郎を迎えに出てきた。

「母上のいびきが尋常ではありません」

「どんないびきだ」

問い質す和尚の顔が引き締まっていた。

慎太郎は丑のいびきを口真似した。

「すぐさま着替える」

和尚は束の間待たせただけで、着替えて出てきた。濡れた山道を歩きやすいように、職人が着る股引・腹掛けの身なりだった。

底にイノシシの剛毛を植え付けた、山道歩きの沓を履いた和尚は、作蔵の背中を押すようにして下った。

和尚・作蔵・慎太郎の三人が屋敷に戻ったときも、丑のいびきは続いていた。

「すぐに湯の支度を」

「とっくにできちょりますき」

応えた女中について、和尚は流し場に向かった。そして頓服を濃い目に煎じた。

「丑殿、これで楽になるぞ」
丑の背中に手を差し入れて、和尚は上体を起こした。
和尚が頓服を煎じ始めるなり、いびきは止まっていた。
しかし丑にはもはや、身体を支える力は残っていなかった。
頓服を飲ませようとして和尚が手を放すと、丑は布団に崩れ落ちた。
すかさず慎太郎が母親をもう一度起こした。
丑はもう、頓服を飲むこともできなくなっていた。
外が明るくなり始めたとき、丑は穏やかな顔で息を引き取った。
末期の言葉は、だれにも残さぬままだった。
小傳次は七十一。
丑の脈を診ていた禅定和尚も、小傳次以上の高齢である。
「どういておまさんが……先に逝くがぜよ」
四十七で逝った丑に、身を斬るような言葉を小傳次は添えた。
和尚は腹掛け姿で合掌した。
慎太郎は涙をこらえきれなくなり、玄関わきの掲示板の前に出た。
垂らした両手が硬いこぶしに握られている。
ウオオーーン。
武蔵が遠吠えで丑の旅立ちを送っていた。

六

丑は陽気で、へこたれることとは無縁の女だった。

「丑さんがおってくれよったら、北川村はなんちゃあ心配はいらんき」

小傳次を慕うのと同等に、村人たちは丑をも深く敬慕していた。

丑の訃報はまたたく間に村の隅々にまで伝わった。

山の高きところには、足自慢の男が駆け上って伝えた。悲しい報せだが、一刻でも早く伝えたい……村人のだれもがこの思いを抱いていた。

「丑さんの力がほんまにいるようになるがは、これからやと思うちょったきにのう」

「なんというたち、四十七は若すぎるぜよ」

没した丑と同年配の農夫ふたりが空を見上げた。

昨日からの雨は、未明に上がった。朝日が昇ったあとの北川村には、真っ青な夏空が広がっていた。

「大庄屋さんがのう。あの歳になったたち達者にできちょったがは、丑さんがおってこそやきに」

「さぞかしがっくりきて、肩を落としちゅうにかあらんぜよ」

手伝えることがあればなんでもしようと、農夫ふたりはうなずき合った。

丑あっての小傳次。

先立たれたことで、さぞや大庄屋は力を落としていることだろう……。

北川村のあちこちで、同じ会話が交わされていた。

しかし大庄屋の屋敷内では、様子が大きく違っていた。

小傳次は肩を落とすどころか、いつにもまして背筋が伸びていた。

「仏間のどこに丑を寝かせるかは、禅定和尚の指図に従いなさい」

「この先は、息をつく暇もなくなるに決まっている。皆はいまのうちに腹ごしらえを済ませておくように」

「悔やみに顔を出してくれるひとへの茶は、番茶ではなしに煎茶を振る舞いなさい」

「こども連れのひとには、お菓子を忘れずに」

土地の訛(なま)りではなく、武家言葉で次々と指図を与えた。

土佐藩の役人相手に話すとき、小傳次は武家言葉を遣った。背筋が伸びて気合いが入るというのが言い分である。

丑を失った悲しさを、言葉遣いを改めることで抑えようとしていたのだろう。

禅定和尚が袈裟(けさ)を調えて出張ってくると、小傳次は自分の居室に案内した。

十二畳の居間は、大庄屋業務の執務室を兼ねている。

存命中の丑は小傳次好みに熱々の焙(ほう)じ茶を用意した。茶請けは梅干しだった。

禅定和尚のためには、丑は季節を問わずに酒粕(さけかす)のまんじゅうを出した。

奈半利(なはり)には小さな造り酒屋が何軒もある。なかの一軒、野田屋多兵衛(のだやたべえ)が丑のお気に入りだった。

野田屋の酒粕をサイコロの形に握り、なかに黒砂糖を埋めて鉄鍋(てつなべ)で焼いたまんじゅう。

これが禅定和尚の大好物である。

小傳次と和尚が向き合う座には、丑がふたりの好みにあった茶菓を供したものだ。

五月二十一日の朝、小傳次と和尚は煎茶をともに味わっていた。

「こうして茶を口にすると、丑どのの大きさがことさら偲ばれまするの」

「はい……」

ふたりは無言で茶をすすった。

濡れ縁に面した障子戸は、大きく開け放たれていた。

庭伝いに父親の居室に近寄った慎太郎は、濡れ縁の向こう側で立ち止まった。

黙したままの父と和尚に、近寄ってはいけない気がしたからだ。

慎太郎は濡れ縁の端に腰をおろし、足を垂らした。

地べたから二尺（約六十センチ）の高さがある濡れ縁だ。両足とも地べたに届かず、慎太郎は足をぶらぶらさせた。

丑が達者だったころの慎太郎は、この濡れ縁に母と並んで座った。南向きの縁側には、七ツ（午後四時）ころまで陽が差した。

「子、のたまわく……」

島村塾から帰ったあと、縫い物をする母と並んで慎太郎はここに座した。

その日新たに覚えた論語を丑に聞かせたりもした。

父親の居室の濡れ縁には、母と過ごした想い出がぎっしりと詰まっていた。無性に縁側に座りたくなった慎太郎は庭伝いにやってきたのだ。

足をぶらぶらさせると、丑の声が耳の奥で響いた。哀しさがぶり返した。

溢れ出た涙を手の甲で拭ったとき、小傳次が口を開いた。

「通夜は今夜でよろしいでしょうか？」

和尚に話しかけた小傳次の声には、ごま粒ほどの乱れもなかった。

母親を思い出して、両目を涙で膨らませている自分……慎太郎はおのれを恥じた。

母を失った哀しみは、父親のほうが何百倍も大きいはずだ。その哀しさを抑え込んで、小傳次はいつも通りに振る舞っていた。

めそめそと涙をこぼしているこんな姿を見たら、さぞかし母は悲しむに違いないとも思った。

濡れ縁からおりた慎太郎は、二本の足で地べたを踏んだ。

「北川の地べたは、おまさんの味方ぞね。つらいことがあったら、なんちゃあ言わんとしっかり地べたを踏みなさいや」

耳のなかで丑が諭してくれた。

しっかりしろと自分に言い聞かせた。が、新たな涙がこぼれ落ちるのを、慎太郎はこらえ切れなかった。

尾を立てて近寄ってきた武蔵が、顔を慎太郎の足にこすりつけた。

母のぬくもりを思い出した慎太郎は、全力で駆け出した。

奔ることしかできなかった。

武蔵が横並びになって従っていた。

七

武蔵を供にした慎太郎は、飛び込み淵の滝壺前に座っていた。

いまから十年前の天保十二（一八四二）年。

当時まだ四歳だった光次（慎太郎）は、見事にここの三ノ段から飛び込みを果たした。

鯨組漁師の息子、跳太から飛び込みの極意を伝授されての快挙だった。

四歳の男児が三ノ段（高さ四十五尺）から飛び降りたのは、光次が初めてである。

「さすがは大庄屋さんの跡継ぎぜよ」

あのときの村の男衆は、口を揃えて光次を称えた。跳太も賞賛された。

「おまさんが光次を男の児にしてくれたがやきにのう」

多くの村の男から跳太はドンッと背中を叩かれた。男に対する最高の称え方だった。

しかし女衆のなかには眉をひそめた者も少なくなかった。

「大事な大庄屋さんの跡継ぎに、もしものことがあったらどうする気ぞね」

「大庄屋さんの跡継ぎをダシにつこうて、自分ばっかり目立つ性根がようない」

女衆の跳太への風当たりは強かった。

男と女は考え方が異なる。

まだ四歳ながら三ノ段から飛び込んだ、光次の度胸。

それを成し遂げさせた跳太の後押し。

男たちは単純に褒めちぎった。

女は自分のおなかを痛めて子を出産しているのだ。度胸うんぬんの前に、身体に怪我をさせかねない暴挙をなじった。

雰囲気を察した丑は飛び込みの翌朝、うるさ型が多く暮らす集落に出向いた。

「上に立つモンは、ひとができんと思うことでもやらないかんときがあるちや」

鯨組の漁師たちは、クジラとの闘いにいつも命をかけている。

「うちの光次も鯨組の跳太に、命がけとはなんぞねを教えてもろうた」

丑は正味の物言いで跳太を称えた。この丑のひとことで、村の女衆も跳太の働きを受け入れた。

もう泣くまい、もう思い返すまいと努めても、慎太郎の脳裏には丑が浮かんだ。

こみ上げる哀しみを噛（か）み殺そうとするたびに、慎太郎の顔が歪（ゆが）み気味になる。

クウーン。

身体を寄せた武蔵が、鼻声を漏らした。

武蔵を撫でてから慎太郎は空を見た。

ときは五ツ半（午前九時）が近い。慎太郎が見上げた空は、すでに真夏の威勢を抱え持っていた。

三ノ段から飛び込んだのも、いまと同じ時季であったろうか。梅雨が明けたあとの真っ青な夏空の下だった。

慎太郎は滝壺下で立ち上がり、上段を仰ぎ見た。武蔵も立ち上がり、同じ格好になった。

最上段は龍ノ段で、滝壺から六十尺（約十八メートル）の高さだ。

水量豊かな滝の水しぶきが、落ちる途中で霧となっていた。

その霧のなかに慎太郎は丑を見た。

難儀をすべて包み込み、ひとに安堵（あんど）を与えてくれるお多福のような笑顔の丑。

そんな丑の顔を、はっきりと慎太郎は霧のなかに見た。

しばし見詰めてから、慎太郎は気合いのこもった声を武蔵に発した。

「ここで待っていろ。おれはあの龍ノ段から飛び込む」

慎太郎は右手の人差し指で龍ノ段を指し示した。

ウワンッ。

一緒に行くと言わぬばかりに、武蔵は強く吠えた。

「それは駄目だ」

慎太郎は武蔵の目を見詰めながら話を続けた。

「おまえはここに居て、おれが飛び込む姿を見守ってくれ」

武蔵はピンと立てた耳を動かし、分かりましたと答えた。

履き物の紐（ひも）を強く縛り直してから、慎太郎は龍ノ段を目指して登り始めた。

初めて三ノ段から飛び込んだあと、慎太郎は毎年飛び込みを続けてきた。

最上段の龍ノ段からの飛び込みを成し遂げたのは、八歳の夏だった。その年を限りに飛び込みを止めていた。

六年ぶりに登る山道は、懐かしさに満ちていた。細い道の両側に茂る羊歯の葉は、いまも変わらず葉の裏が真っ白である。

昨日の雨に打たれ続けた赤土の地肌は、昔のように慎太郎の足をすくいにきた。

強く縛り直した紐が、流れそうになる足首を支えてくれた。

この山道を最後に登った八歳時よりも、慎太郎の身体は鍛え方を増していた。

やすやすとは言わぬまでも、さほど難儀をせずに龍ノ段に登り着いた。

着衣を脱いだ慎太郎は、帯で強く縛った。ふんどし一本で編み上げわらじ姿の慎太郎は、縛った着衣を高く掲げた。

真下には濃い緑色の滝壺が見えている。真ん中をめがけて放り込んでから、慎太郎は深呼吸をした。

息を止めたまま、両腕を前に突き出した。

おうっ。

一気に吐き出し、短い気合いを発したら、滝壺で待っている武蔵が耳をピクッと動かした。

慎太郎の身体が、あたまから滝壺を目指している。濃緑の水面を叩くまでのわずかな間に、慎太郎は丑に話しかけた。

もう二度とあなたのことで、泣き顔は見せません、と。
丑の笑顔を抱えた霧を潜り抜けて、慎太郎は滝壺を目指していた。

第三章　坂本家、当主交代

一

嘉永四（一八五一）年三月二十七日、甲寅の朝は夜明けから晴れた。

御城を北に臨む升形には、時の鐘が土佐藩の手で設けられていた。

明け六ツ（午前六時）を報せる鐘が升形で鳴り始めたら、坂本家の奉公人たちが庭に顔を揃えた。

ゴオオーーーン……。

御城にも時を報せる鐘である。おとながすっぽりと内に収まるほどに大型で、肉の分厚い鐘は響きが太い。

時の鐘の一打が引っ張る韻は、他所の鐘の倍以上に長かった。

庭に揃った奉公人たちは、東の空の天道に手を合わせた。

「今日の大事な日に、こればあ凄い上天気を授けてくれて、ありがとうございます」

声を揃えて天道に晴天の礼を言っているとき、庭に男が入ってきた。

坂本家出入りの鮮魚屋濱田屋のあるじ、竹兵衛である。

「まっこと坂本家のご威光は大したもんじゃのう」

竹兵衛が空を見上げて声を出したとき、まだ時の鐘は六ツを撞（つ）いている途中だった。

「どうぜよ、竹兵衛さん。うまいこと魚は手に入りそうかよ？」

料理番の徹蔵（てつぞう）が竹兵衛に近寄った。

「まっこと坂本家のご威光じゃとわしが言うたがを、おまさん、聞いちょらざったかよ」

「それは聞いたけんど」

口を尖（とが）らせた徹蔵は、竹兵衛の目の前に立った。

高知城下で一番の包丁使いと言われる徹蔵である。鮮魚屋ごときに聞いていなかったのかと問われて業腹だったようだ。

「あれを言うたときの竹兵衛さんは、空を見ちょったやいか」

坂本家の威光が晴天を呼び寄せた……それを言ったと思ったと、竹兵衛に応（こた）えた。

「わしは天気のことは言うちゃあせん」

竹兵衛は背筋を張って徹蔵を睨（にら）んだ。

「昨日の晩、種崎（たねざき）にもんてきたカツオ船が、生きたままのがを五尾も釣りよった」

まだ四月にすらなっていない。カツオの群れはまだまだ遠くなのに、五尾が釣れた。

しかも五尾とも一貫（約三・七五キロ）を軽く超える大型ばかりだ。

正真正銘の初鰹（はつがつお）を、夜明け前に種崎の漁師が運んできた。

今日のめでたい日に間に合うように、大型のカツオが釣れた。これぞまさに坂本家の威光だろうと竹兵衛は告げた。

「ほいたら竹兵衛さん、もう濱田屋にカツオが着いたがかよ」

徹蔵の驚き声に、明け六ツの撞き仕舞いの一打が重なった。

「それをおまさんに言いにきたがぜよ」

背筋を張ったまま、竹兵衛は徹蔵に向かってあごを突き出した。

徹蔵がもっとも嫌う振舞いである。庭に揃っている奉公人たちは、先の成り行きを思って息を詰めた。

包丁の技も図抜けているが、短気で喧嘩っぱやいことでも徹蔵は負けてなかった。

ところが……。

「それがたまるか！」

徹蔵は両手を叩き合わせて喜んだ。

拍子抜けした面々が吐息を漏らした。

大喜びをしたのもつかの間、徹蔵はすぐに顔を曇らせた。

「カツオは足が早いきに、いまから包丁を入れたりしたら、昼まではもたん」

徹蔵は竹兵衛を見詰めて思案顔を拵えた。

「宴は今日の昼（正午）からやと、旦那さんに言われちゅうきにのう」

竹兵衛との間合いを詰めた徹蔵は、首に巻いていた手拭いを外した。

「なんとか昼前まで、カツオをもたせる知恵を貸しとうせや」

人一倍誇り高い徹蔵が、あろうことか竹兵衛にあたまを下げた。

わきで成り行きを見ていた奉公人たちは、一斉に空を見上げた。徹蔵がひとにあたまを下げたことで、せっかくの上天気が変わらないかと案じたのだろう。

「今日の大事な日に、おまさんがあたまを下げたりせんといてくれ」

同じことを思った竹兵衛が、慌てて徹蔵にあたまを上げさせた。

「うちにはおが屑入れがある」

地べたを一間（約一・八メートル）掘ったおが屑入れは真夏でも涼しいと、竹兵衛は続けた。

「そこに仕舞っちょくきに、傷むがは心配せんで構わんぜよ」

竹兵衛はきっぱりとした物言いで、カツオは昼までもつと請け合った。

「よう言うてくれた」

徹蔵は竹兵衛に抱きついた。

またまた奉公人たちが空を見上げていた。

二

坂本家は嘉永四年三月二十七日をもって、当主が八平から権平へと代わった。

この日の正午から坂本家広間において、家督相続を祝う宴が催された。

土佐藩内で随一の財力ありと言われる才谷屋には、当主が代替わりしたいまでも藩の重役が年賀訪問をしていた。

が、実態と身分とは別物である。

いかに才谷屋と坂本家が同根でも、家格は郷士に過ぎない。

派手なことは控えて、家族のほかには才谷屋六代目当主と、八平がもっとも親しく付き合ってきた島誠之助だけを招いての祝宴とした。

才谷屋六代目直興（なおき）は、八平よりも年若い。しかし人柄の練れた男である。

直興は事前にこれを八平に申し出ていた。

「祝辞は島様にお願いしてください」

八平は多として受け入れた。

時の鐘が正午を告げ始めたとき、島誠之助が立ち上がった。五尺八寸（約百七十六センチ）の誠之助は、藩でも長身で知られていた。

しかし坂本家の龍馬も乙女も、島に並ぶ上背の持ち主だ。背の高い者を見慣れている家族は、誠之助の上背に驚いた様子はなかった。

藩の作事監督が役目の誠之助は、季節を問わず日焼け顔である。歩くのは大股（おおまた）で、ひとと話す声は大きい。

袴（はかま）の折り目がよれていてもまるで頓着（とんじゃく）しない誠之助は、大雑把な男だと周囲から思われていた。

正味（しょうみ）の誠之助は折り目正しく、几帳面（きちょうめん）な性格だった。

「宴の祝辞は、ぜひともおまえに頼みたい」

八平の頼みを聞き入れた誠之助は、二晩を費やして祝辞の下書きを進めた。

祝宴に臨んだいまは、ふところから巻紙を取り出した。祝辞を清書した巻紙である。

「本日は家督相続を天もお喜びと見えて、このうえなき上天気に恵まれ申した」

事前に何度も稽古を重ねたのだろう。誠之助はつっかえることなく祝辞を読み上げた。

しかし読み終えた巻紙をくるくると巻き取ったあとも、座ろうとはしなかった。

なにごとかと、座の全員が誠之助に目を注いだ。

「めでたさがまだ湯気を立ち上らせているうちに、龍馬に言っておくことがある」

常套句を並べた祝辞の読み上げでは、誠之助はよそ行きの声だった。

いまの誠之助は肉声で話していた。

名指しをされた龍馬は、居住まいを正した。

乙女も背筋を伸ばして誠之助を見た。

「おまえは本日ただ今をもって、八平のせがれから、権平の弟へと身分が変わる。分かっていような？」

「はい」

龍馬は威勢を抑えて返事をした。

「ご当主権平殿は、おまえとは違って身体は達者ではない。いや、あけすけに申せば病弱ですらある」

きつい言辞だが、誠之助が権平の身を案じているのは場の全員に伝わっていた。

「権平殿の身体が達者でないことは、だれもが知るところだ。しかし八平譲りの、いや八平にも増して誠実であることも、藩のだれもが呑み込んでおる」

誠之助は龍馬を見る目の光を強くした。

「権平の弟身分となったからには、兄を陰から支えるのがおまえの役目だ」

常に権平に付き従い、兄を守ることを第一に考えよと、龍馬を諭した。

「うけたまわりました。肝に銘じます」

龍馬は深くうなずいた。

誠之助の言葉に、龍馬以上に強く深くうなずいたのが乙女だった。

「権平あにさんを陰から支えるのがおまえの役目です。出しゃばらず、陰に回ることを忘れなさんな」

乙女は常にこの言葉で弟を諭していた。

乙女は我が意を得たりと、引き締まった顔で誠之助を見詰めた。

誠之助は乙女を見詰め返し、いきなり破顔した。

「めでたい日に、このうえの説教は無粋でしかない」

どすんと座布団が鳴ったほどの勢いで、誠之助はあぐらを組んだ。

祝宴の皿鉢料理が運び入れられた。

濱田屋に届いたカツオは炭俵を燃やした炎であぶられて、タタキとなっていた。

皮は焦げているが、身は赤い。皮と身の間には、白い脂が残っていた。

「坂本家を任せたぞ」

「しっかり守ります」

八平と権平の間で、家督が滑らかに行き来した。

皿鉢のカツオに最初に箸（はし）を伸ばしたのは、当主ではなく龍馬だった。

乙女は弟を睨んだ。

左手をあたまに当てながらも、龍馬はカツオを口に運んでいた。

三

嘉永四（一八五一）年は梅雨が長かった。

なかでも六月三日から四日にかけての雨は、野分を思わせる暴雨となった。

四日朝、六ツ半（午前七時）前。

夜明けはとうに過ぎていたが、雨雲は今朝も朝の明かりを遮っていた。

薄暗い台所の土間で、龍馬は手早く雨具を身につけた。

流し場で立ち働く女中も下男も、朝餉（あさげ）の支度に追われている。朝の光が届かない土間だが、薪（たきぎ）を燃やす炎の明かりが流し場を赤く照らしていた。

龍馬は、屋敷前の疎水を見に出た。二日続きの大雨が疎水の流れを溢（あふ）れさせていないかを確かめるためである。

坂本家は鏡川と疎水の両方に挟まれている。鏡川と屋敷の間には、高さ一丈（約三メートル）の堤防が設けられていた。

たとえ二日続きの大雨でも、堤防が切れる心配はなかった。

しかし屋敷の前を流れる疎水は別である。

石垣から疎水の底まで、五尺（約百五十二センチ）の深さがあった。晴れた日の流れはゆるく、水量もわずか一尺足らずである。

流れのあちこちには大きな石が転がっており、こけの生えた石にはあかご（イトミミズ）の群れがへばりついていた。

あかごは鯉や金魚の餌（えさ）になる。夏の晴れた日には、金魚売りの親爺（おやじ）が裸足（はだし）になって坂本屋敷前の疎水であかごをとっていた。

龍馬は三歳のころから、毎日のようにこの流れを眺めてきた。

晴れた日と雨の日とでは、流れる表情が大きく変わる。その違いを見るのが好きだった。

六月三日の朝から降り始めた雨は丸一日が過ぎた四日の朝になっても、一向に降り方が衰えなかった。

疎水の様子を確かめた龍馬は、勝手口から屋敷に戻った。奥行き深いひさしの下で合羽を脱ぎ、足下の水も払ってから土間に入った。

三和土（たたき）は水を嫌う。濡れたままで流し場に入るのは当主の弟といえどもご法度である。

土間に入ったあとは、板の間の端に腰をおろした。

ふうっ。

龍馬が吐き出した息は、朝餉の仕上げを進めている者にも聞こえた。

「そんなところに座ったりして、どういたがですかのう」

年配の下男が龍馬の顔をのぞき込んだ。

「屋敷前の流れが石垣のうえまで、あと一尺もない」

この調子で降り続いたら、石垣から溢れ出してしまう……龍馬の言い分に驚いた下男は、番傘をさして飛び出した。戻ってきたときには青ざめていた。

「うちの前があんな調子やったら、鏡川はどうなっちゅうろうか……」

下男の語尾が下がった。

「いらん心配せんだち、この雨は昼前にはあがるきに」

飯炊きに精を出していたおちょうが、明るい声で下男の不安を弾き飛ばした。

おちょうは継母伊與が実家から連れてきた女中で、飯炊きが飛び切り上手だ。

仁井田(にいだ)の農家に生まれたおちょうは、近くの海と水田を遊び場として育っていた。

海とともに暮らす漁師は、だれもが空見の達人である。急変する天気の先読みができなければ、命を落とすことになるからだ。

おちょうの父親も陸にあがる前は、十津(とおづ)の湊(みなと)で漁船に乗っていた。

おちょうの空見は、父親譲りである。

そのおちょうが、きっぱりとした物言いで暴雨は昼前までだと言い切った。

「ありがとう、おちょう」

龍馬は女中にこだわりなく礼を言った。

おちょうは顔を赤らめて下男を見た。

「うち、龍馬さんからお礼を言われたき」

龍馬よりも年上のおちょうが、まるで女児のようにはにかんでいる。龍馬は女中に会釈をしてから板の間に上がった。

向かうのは伊與が朝餉の支度を進めている十六畳の座敷である。閉じられたふすまの前に立つと、乙女たちに指図をしている伊與の声が聞こえた。

伊與が八平の後妻として嫁いできてから、何年もの歳月が流れ過ぎていた。それなのに龍馬は、いまだ伊與と向き合うと身体がこわばった。

継母が苦手だとか、嫌っているとかではない。むしろ逆で、伊與の博識なことには深い尊敬を覚えていた。

伊與の実家は仁井田の廻漕（かいそう）問屋下田屋である。長崎湊との商いが深い下田屋は、南蛮渡来のめずらしき交易品を多数所蔵していた。

幼少時から、伊與はそれらの品々に触れることができていたし、使い道や来歴を学んだりもしていた。

「海は途切れることなく、果てしなく広がっている」

「西へ西へと海を走ればヨーロッパがある」

「船乗りは地図を頼りに海を走る」

伊與がなにげない口調で口にすることの幾つもが、龍馬を驚かせた。どれも初めて耳にすることだったし、小龍ですら知らないことばかりだった。

「母のあたまには、わたしが知らないことが山ほど詰まっています」

小龍に伊與を語るとき、龍馬の物言いは深い敬いに満ちていた。

昼前には雨はあがる。

これは朗報だった。とりわけ海に近い仁井田の川島家から嫁いできた伊與には、よき報せのはずだ。

長崎と土佐の間を行き来する大型船を何杯も持つ下田屋は、土佐藩も重用している廻漕問屋の大店（おおだな）だった。

海を行き来する稼業ゆえ、荒天となるたびに伊與の目が曇りを帯びた。

実家の様子が案ぜられるのだろう。

おちょうの空見を、早く母に伝えたい。その思いに押されて、龍馬はふすまの前に立っていた。

が、ふすまを開く手が出ないでいた。

「そこに立っちゅうがは、だれぞね」

乙女が声を投げてきた。長刀（なぎなた）の師範免状を持つ乙女である。ふすまの向こう側の気配を察したようだ。

「龍馬です。入ります」

龍馬はふすまを開いた。

淡い色味のひとえを着た伊與と、薄紫の朝顔が描かれた木綿長着の乙女が座していた。

間合いを詰めて座っているふたりは、血の繋（つな）がった母娘のようだった。

「どうかしたがですか？」

伊與が龍馬に話しかけた。

「今朝の雨は……」

言いかけたとき、雨脚が一段と強くなった。が、龍馬は構わずに続けた。

「おちょうが言うには、昼前にはあがるそうです」

「それはよかったこと」

伊與の表情が正味の明るさを得た。

「昼までにあがってくれたら、屋敷前の疎水も溢れずにすみます」

龍馬も弾んだ声で応じた。伊與の笑顔に引っ張られていた。

母と息子が屈託のない笑みを浮かべて向き合っている。

継母のおかげで自分のいまがある……。

だれよりも龍馬当人がそれを分かっていた。

八郎右衛門の葬儀で、ひとの命には限りがあることを龍馬は知った。死別の悲哀も味わったが、親戚のひとと死別した悲しみだった。

八郎右衛門の享年を思えば、こどもなりにも老いれば逝去するということも受け入れられた。

幸との死別には、龍馬はなんの心構えもできてはいなかった。

信長の謡にある通り、人間五十年という。

四十九で逝った幸は、寿命に近かった。

しかしそれは理屈に過ぎず、十二歳だった龍馬には母が寿命だったなどは考えの外だった。

母との死別をまだ受容できずにいたときに、伊與を新たな母として受け入れることを求められた。

喜怒哀楽のすべてを顔に出さぬようにと、厳しくしつけられてきた龍馬である。

実母が逝ったときも、継母と一つ屋根の下で暮らし始めたときも、気持ちが顔に出ぬようにと懸命に努めた。

伊與が嫁いできて半月が過ぎた日の八ツ（午後二時）前。

中庭でくまに気持ちを吐き出していた龍馬を、伊與は濡れ縁に誘った。

伊與手作りのまんじゅうが皿に載っていた。

「あたしの前では気を張ることはないきに」

素でいなさいと、伊與から柔らかな物言いで話しかけられた。陽を浴びた継母の顔を、龍馬はこのとき初めて目の当たりにできた。

屈託が失せて、伊與を慕う気持ちが芽生えた。

さりとて継母との間合いを詰めようとはしなかった。敬う気持ちは日増しに膨らんだものの、伊與の大きさを感ずれば感ずるほど、母との間の敷居を高くしてきた。

が、今日の龍馬は違っていた。

荒天が、母の実家に障りないことを知り、安堵した。

息子の気持ちを受け止めて、伊與はほほえみを返した。

弟を見る乙女の顔もほころんでいた。

嘉永四年の梅雨は、六月八日に明けた。

「今日は癸亥（みずのとい）の日だ。舟で水を行くにはなによりの縁起だろう」

朝餉の終わった座敷で、八平は龍馬に話しかけた。

梅雨が明けたこともあり、坂本家自前の舟で仁井田に出向こうと言い出した。向かうのは言わずとしれた川島家である。

「おれが漕（こ）ぎます」

龍馬の声が弾んでいた。

川島家当主の伊三郎（いさぶろう）は、土地では「ヨーロッパおんちゃん」と呼ばれていた。

長崎で仕入れた数々の情報や品を、船頭たちは伊三郎の元に届けた。

驚いたことに伊三郎は「世界地図」まで所蔵していた。

川島家に出向けば、ヨーロッパに接することができる。龍馬の限りない知識欲も伊三郎が満たしてくれる。

櫓（ろ）も折れよとばかり漕ぐのも、仁井田に行くなら難儀ではなかった。

「うちも行きますきに」

乙女も声を張った。

「おねえが乗ったら、まっこと舟が重とうなるぜよ」

龍馬が土地の訛りで軽口を叩いた。

乙女の目が光った。弟を優しく叱るときの目の光である。

伊與は柔らかな笑みを浮かべて龍馬を見ていた。


舟は四ツ（午前十時）に船着き場を離れた。

梅雨が明けた鏡川は、眩く水面が輝いていた。

ボラも夏の訪れが嬉しいのだろう。幅広い鏡川の真ん中で、何度も飛び跳ねている。

藩主の墓参のために架けられた天神橋をくぐり、舟は一路仁井田を目指していた。

五台山を正面に見るあたりで、鏡川は浦戸湾と解け合って海となる。

ギイッ、ギイッ。

川水が海水に変わったら、櫓を漕ぐ音も変わっていた。川を行くよりも海のほうが走りが滑らかなのだ。

浦戸湾に入ると、龍馬の背中を夏日が焦がし始めた。

「これで口を湿したらええ」

乙女が差し出した竹の吸筒を、龍馬は器用に片手で受け取った。

喉を鳴らして呑んだ井戸水が、龍馬に力を授けたらしい。

櫓の動きがひときわ滑らかになった。

舟は仁井田を目指して走っている。

つがいのカモメが、水先案内役を買って出ていた。

四

仁井田の川島家に向かうのが、よほどに楽しみだったのだろう。龍馬はわずかな休みを四度挟んだだけで、鏡川から仁井田まで櫓を漕ぎ続けた。

舟は坂本家と才谷屋が共有している一挺櫓の小舟だ。小舟とはいえ、才谷屋が城下で一番の船大工に誂（あつら）えさせたのだ。

舳先（へさき）から艫（とも）までは三間（約五・四五メートル）もあった。鏡川の渡し船よりも拵えは大きくて頑丈である。

詰めて座れば船頭を含めて七人まで乗船できた。

舟の真ん中には帆立が設けられている。追風が摑（つか）めるときは、高さ一丈（約三メートル）の帆柱に横幅一間（約一・八メートル）の帆を張ることができた。

下げ潮の潮流に乗り、追風を巧みに摑みながら、龍馬は櫓を漕ぎ続けた。

鏡川と浦戸湾とが交わるあたりには青柳橋が架けられていた。橋の東端先には名刹竹林寺（ちくりんじ）を抱く五台山がある。

梅雨明け初日の夏の陽を浴びた五台山は、いつも以上に緑が濃く見えた。

「五台山が見えてきたら、もう半分は来たがやねえ」

乙女が話しかけても龍馬はうなずいただけで、櫓を漕ぐ手を休めなかった。

乙女が口にした通り、青柳橋を行き過ぎれば仁井田まで残り半分だ。龍馬の櫓を漕ぐ調子には、いささかの衰えもなかった。

時折、櫓から手を放すのは、帆の向きを変えるためである。風を摑んだあとは、さらに勢いをつけて漕いだ。

「おまさんがこれればあ達者に漕げるとは、今日の今日まで知らざった……」

眼前に仁井田湊が見えてきたとき、常に龍馬には辛い口をきいてきた乙女が正味で漕ぎっぷり、操船ぶりを褒めた。

それも道理で龍馬が漕いだ小舟は一刻（二時間）少々で仁井田湊の沖合二百尋（約三百メートル）に行き着いていた。

「この辺で帆は畳んだほうがいい」

「はい」

父親の指図に威勢よく答えた龍馬は帆をおろし、帆柱も取り外した。

桟橋に向かってくる小舟に、物見台の仕切り役が紅白のうちわを振った。

川島家（下田屋）の桟橋は千石積みの大型弁財船でも横付けできた。岸壁の長さは三町（約三百二十七メートル）あり、同時に弁財船が四杯も接岸できた。

長崎や大坂から、ひっきりなしに荷物船が到着する桟橋である。ここには自前の明かり屋（灯台）と、出船入り船を差配する物見台まで構えられていた。

物見台は高さが二丈（約六メートル）、明かり屋は高さ二丈の母屋の上に、高さ半間（約九十センチ）の明かり部屋が載っていた。

鯨油を燃やす灯火は、菜種油の数倍も明るい灯で海を照らした。

「浦戸湾は夜になったち、下田屋さんの明かり屋があるき、ひとっつも困らんぜよ」

「あんさんらだけやのうて、わてら弁財船乗にも、ええ明かりを届けてくれますんや」

川島家の明かり屋は土地の漁師に限らず、沿海を走ってくる弁財船の船乗りにも重宝されていた。

龍馬は仕切り役のうちわ指図に合わせて、岸壁の南端に舟を寄せた。ここには小舟を横付けするための舫（もや）い杭が造作されていた。

梅雨明け初日の夏日は眩（まぶ）しい。龍馬は櫓から右手を放し、陽除（ひよ）け代わりに目蓋（まぶた）の上にかざした。

「あっ、あのひとは！」

龍馬が声を弾ませた。

「どういたがぞね」

眩しさで岸壁が見えていない乙女は、龍馬に問いかけた。

「河田（かわだ）のあにやんが、もんてきちゅう」

舟には父親と姉しか乗っていない。気安さゆえ、龍馬から土佐弁が出た。

河田のあにやんとは河田　小龍（しょうりょう）のことだ。

「ほんまにもんてきちゅうがあ？」

乙女は女児のような物言いのあと、頬（ほお）を朱に染めた。

龍馬がまだ幼い時分から、小龍は才谷屋と坂本家に出入りしていた。

才谷屋先代の八郎右衛門が龍馬と小龍を引き合わせた。小龍の才能を高く買っていた八郎右衛門は、可愛（かわい）くて仕方がない龍馬の指南役につけたのだ。

龍馬がまだ二歳の時に、である。

十一歳年上の小龍は、龍馬から見ればなんでも知っている仰ぎ見る師であり兄だ。

なにごとによらず龍馬にとっての小龍は、一番の師匠だった。

坂本家に小龍が遊びにくると、もてなし役を乙女が買って出ていた。

歳月は流れすぎ、龍馬はすでに元服を終えていた。

乙女もいまでは、あちこちから縁談を持ち込まれている。が、どの縁談にも、乙女は気を動かさなかった。

「言うたらいかんけんど、おまさんばあ背が高かったら、なかなか釣り合う男がおらんきにねえ」

いつまでも選り好みをしていると、行かず後家になると、伊與は娘をたしなめた。

義母ながら、家族のだれよりも乙女の縁談を気にかけている伊與である。娘に良縁をと願えばこそ、きついことも口にした。

それでも、いまだこころを決めかねている乙女が、小龍だと聞くなり頰を赤らめた。

慈しむような目を姉に向けたあと、龍馬は岸壁の南端に小舟を走らせた。

総髪を後ろで束ねた小龍は、龍馬に向かって手を振り続けた。早く岸に上がってこいと言わぬばかりの振舞いだ。

岸壁が目の前に迫っているのに、龍馬も力を込めて漕ぎ続けた。

大型船が横付けできる波止場は、海面から一間の高さがある。弁財船の乗り降りには丁度だが、小舟には高すぎた。

波止場下に行き着いた龍馬は、舫いの細綱を放り上げた。しっかり受け取った小龍は、綱を杭に舫った。

龍馬がまだ四つ、五つのころには、鏡川に川船を出して一緒に遊んだ小龍である。舟の舫いは手慣れていた。

舳先の綱を小龍が結わえたのを確かめてから、龍馬は艫の綱を階段わきの杭にきつく結えつけた。

舟が動かなくなったところで八平、乙女の順に階段を上った。

八平の姿を見るなり、小龍からあいさつをし、辞儀をした。

「長らくの無沙汰(ぶさた)をお許しください」

八平の後ろに立った乙女は、はにかんだような笑みを浮かべて小龍に会釈をした。

小龍も久しぶりの再会を喜んだらしく、目の端をゆるめて乙女を見た。

龍馬は最後に階段を駆け上がってきた。

空の真ん中に移っている天道が、龍馬の影を桟橋に描いている。

龍馬と一緒に黒くて濃い影も、小龍との再会を喜んで小躍りしていた。

「いつ、京からもんてきたがぜよ」

隠居を機に、八平は気のおけない相手には町人の言葉遣いで接していた。

「土佐に戻ったのは去年の夏ですが、吉田(よしだ)先生のお供で藩内の方々を巡っておりましたものですから」

仁井田に来たのは一昨日からだと、八平に答えた。

「おまさんが来ちょったら、伊三郎さんもさぞ喜んじゅうやろう」

八平は親しみを込めて、小龍の肩を抱いた。

こんなことを八平にされたのは、初めての小龍である。戸惑い顔で龍馬を見た。

いいんです、案ずることはありませんからの意を込めて、龍馬は笑顔を見せた。

隠居して以来、八平の振舞いから堅苦しさが大きく失(う)せていた。

肩を並べた八平と小龍が、川島屋敷に向かって歩いている。行き会った下田屋の仲仕衆(なかし)が、八平に辞儀をした。

下田屋の仲仕衆は、ふんどしの色で格付けがされている。一度に三俵の米を肩に担ぐ力自慢には、赤ふんどしが許されていた。

八平に辞儀をした仲仕は、三人とも赤ふんどしである。

八平の後ろを歩く乙女と行き違うときには、三人が調子を揃えて尻を大きく振った。

年頃の乙女をからかったのだ。

通り過ぎた仲仕に振り返った乙女は、長刀を手にした格好で後ろ姿を見詰めた。

人一倍負けん気の強い乙女には、仲仕の振舞いが許せなかったに違いない。

が、乙女の視線を感じ取ったあとも、仲仕三人は肩を組んで尻を振った。

上背のある乙女が、地団駄を踏まぬばかりに口惜しがった。

乙女と仲仕のやり取りを見た龍馬は、身体を二つに折って笑い転げた。

地べたに描かれた濃い影も笑っていた。

五

小龍の言う吉田先生とは、土佐藩上士・吉田官兵衛（東洋）のことである。

「おまえも東洋先生のことは、いろいろと聞いているだろう？」

「大変にむずかしい方で、三年前（嘉永元年）に豊熙様が亡くなられたあとは御役御免を申しつけられたと、うわさでうかがっています」

龍馬は耳にしたままを正直に答えた。

小龍は小さくうなずいた。うわさを是としたかのようだった。

そのあとすぐに顔つきを改めた。

「おまえが聞いたうわさでは、先生はいま、どうなされていると？」

「無役のまま、自在に藩内を行き来しておられると聞いています」

小龍が供をして、東洋は藩の方々を巡っていたのかと、龍馬は逆に問いかけた。

八平とのやり取りのなかで、小龍はそのように答えていたからだ。

小龍は居住まいを正し、龍馬に間合いを詰めさせた。

「おまえにだけは明かしておくが、断じて他言は無用だ」

「わかりました」

丹田に力を込めて龍馬は答えた。

「そのうわさは偽りだ」

「えっ？」

ものに動じない若者として知られている龍馬が、思わず甲高い声を出した。

うわさが偽りだということは、小龍は八平にも嘘を告げたことになるからだ。

「深いわけあってのことだ。おまえの父上をも謀ったことは、この場で詫びる」

小龍の詫びを、龍馬は手を突き出して押し戻した。

「わけを聞かせていただけますね」

「もとよりそのつもりだ」

小龍はもう一度座り直してから、真相を明かし始めた。

「わたしは東洋先生と一緒に、伊勢国から京、大坂を回っていた」

「それでは、また京にも？」

龍馬の言葉に、小龍はうなずいた。

夏日が川島家の庭を焦がしている。納屋の外にこぼれた米粒めがけて、雀の群れが舞い降りてきた。

三毛猫が背の毛を逆立てた。

東洋は伊勢で漢学者の斎藤拙堂（さいとうせつどう）に会い、京では梁川星巌（やながわせいがん）などと会見した。

どの席にも小龍は同席を許されていた。

会見の中身には触れず、小龍は話を土佐藩に戻した。

「先の御藩主豊熙様は、土佐藩が飢饉（ききん）に遭遇することを深く案じておられた。吉田先生は豊熙様の信任篤（あつ）く、幾つもの藩政改革の試案を建白しておられたのだが……」

豊熙逝去とともに、吉田東洋は官職を外されて無役となった。

建白書は公文書庫の奥に仕舞い込まれた。

「吉田先生は一本気なお方だ。よしと考えられたことは、反対する相手が誰であれ強く推し進めようとなさる」

その気性が禍（わざわい）し、藩主没後は官職から外されたと小龍は事情を話した。

「いまの御藩主豊信（とよしげ）（土佐藩十五代山内容堂）様も吉田先生の一本気を評価しておいでだ」

吉田東洋を藩が必要とする日が、遠からずくると豊信は考えていた。

その日に備えて、近畿から京・大坂を巡回するようにと、豊信は東洋に命じた。

「そのほうが信をおいておる学者・碩学（せきがく）とも面会し、見聞を広めてまいれ」

豊信は藩主手許金から百両の大金を東洋に下された。嘉永三年夏のことである。

東洋は小龍ただひとりを供として、近畿見聞の旅に出た。

東洋を排斥せんとする土佐藩重役の耳目を鈍くさせるために、豊信は偽りのうわさを城内に広めさせた。

吉田東洋の父親は、土佐藩上士・故吉田光四郎（こうしろう）である。家柄に恵まれた東洋は父・光四郎の没後若くして藩の奉行職を歴任した。

弘化元（一八四四）年には、京の二条城修復の手伝いを命じられた。東洋は吉田家書生となっていた小龍を供として京に上った。

小龍は二条城修復手伝いのなかで、書画の技法を幾つも習得した。

京の水は東洋には合わなかったようだ。

翌弘化二年に土佐に帰国するなり、発病して臥（ふ）せった。

病は重く、官職をみずから辞退し無役となった。が、二年後の弘化四年には、再び船奉行として出仕を命じられた。

病から回復していたし、なにより藩主豊熙が東洋を重用していた。

その豊熙没後は再度無役となった。

しかし東洋の高い見識を慕う藩士は数多くいた。上帯屋町の吉田屋敷は、無役となってから賑（にぎ）わいが増していた。

豊熙のあと、一代をおいて藩主となったのが豊信である。

元号が嘉永に改元されて以来、外国船が頻繁に足摺（あしずり）岬や室戸岬の沖合に出没する事態を迎えた。

憂慮した豊信は、密（ひそ）かに東洋を招き寄せて、外国の動きを諮問した。

東洋は小龍を川島家に何度も差し向けて、長崎発の情報を収集していた。豊信に答申する中身の多くは、川島家で得た情報だった。

近畿巡回から帰国したいまも、東洋は小龍に川島家逗留を命じていた。


「おまえは宇佐浦に行ったことはあるか？」

口調を変えた小龍は、龍馬の目を見詰めた。

「一度もありません」

龍馬は即座に答えた。

作事手伝いで四万十川には出張った。

しかし城下を離れたのはこのときと、室戸岬の鯨組に出向いたときに限られていた。

「宇佐浦の漁師三人が、どえらいことをしてのけたらしいぞ」

龍馬を見詰める小龍の目が光を帯びた。

尻をずらして、龍馬はさらに小龍との間合いを詰めた。

六

川島家には南蛮渡来の地図があった。

幅四尺（約一・二メートル）、高さ三尺（約九十センチ）もある巨大な羊皮紙に描かれた地図だ。

もちろん龍馬も何度も見ていた。

しかし嘉永四（一八五一）年六月八日、龍馬はその日以前までとはまるで違う地図の見方をすることになった。

「九州の薩摩藩はここにある。四国の土佐藩はここだ」

小龍は九州の最南端を人差し指で示し、その指を土佐までなぞり上げた。

龍馬は小龍の指先に目を凝らした。しっかり見ていなければ、どこを指しているかが分からないからだ。

地図に描かれている日本は、他の大陸に比べれば桁違いに小さい。

小さなナスほどの大きさしかなかった。

「地図で見れば一目瞭然だが、海伝いならどこにでも行ける」

土佐と薩摩は海でつながっていると小龍は説いた。

「地図に大陸が描かれていない部分は、すべて海だ。日本の周りも海で囲まれている」

小龍は日本の周りを指でなぞった。が、南蛮渡来の地図に描かれた九州も四国も、空豆半分ほどの大きさでしかなかった。

うまく呑み込めない龍馬を見た小龍は、別の半紙に九州と四国を拡大して描いた。

「薩摩と土佐との間は、海を真っ直ぐに走ればおよそ百五十里（約六百キロ）ほどらしい」

小龍は師・吉田東洋から得た知識を、龍馬に受け売りした。

吉田東洋の交友範囲は幅広い。土佐藩に限らず、他の諸藩とも深い交誼があった。

東洋は多くの場に小龍を伴っていた。そして各種文献・南蛮渡来の資料などに接する場にも小龍を同席させていた。

「薩摩藩からさらに南に三百里（約千二百キロ）ほど下った先にあるのが琉球王国だ」

小龍は九州・四国の拡大図の下方に、琉球王国の島を描き加えた。

「本年一月のことだが、この琉球王国に土佐の漁師三名が上陸したそうだ」

小龍は小さな舟を琉球島の近くに描いた。

龍馬が呑み込みやすいように、三人の漁師が乗船している絵となっていた。

「どういてそんなところに、土佐の漁師がおったがですか？」

驚きのあまり、龍馬は土佐弁で問いかけた。小龍と話すときは、土佐弁は使わず武家言葉で……が決め事だったのだが。

「アメリカという国から、土佐にもんてくる途中やったと言いゆうらしい」

小龍も同じ訛りになっていた。

宇佐浦の漁師三名は、アメリカの商船に小型の舟を積んでいた。その舟を琉球王国の人里離れた砂浜に乗り上げて、深夜に上陸したらしい。

いまは薩摩藩の役人が琉球に出向き、三人を厳しく詮議しているさなかだと、小龍は仕入れた話を聞かせた。

龍馬の表情が変わった。

「外国から勝手に日本に入ったりしたら、たとえ漂流した日本の者でも打ち首になるのではないですか？」

問われた小龍はうなずいたあとで、事情を説明した。

「打ち首は、日本の諸藩に捕らえられたときだ。琉球は別の国ゆえに、薩摩藩の役人が出向いたのだ」

龍馬は得心顔になり、別の問いを発した。

「漁師の名前は分かっているのですか？」

「分かっている」

小龍は小型の帳面を開いた。

「宇佐浦の網元徳右衛門（とくえもん）配下の船頭ふでのじょう、文字を書く筆に之、丞と書くらしい。あとは筆之丞の弟のごえもん、石川五右衛門のあの五右衛門だ。残るひとりはかしき役（炊事係）で乗っていたまんじろう、数の万に次郎と書く万次郎の三人だそうだ」

小龍が明かした名を、龍馬は小筆で自分の帳面に書き留めた。

「あにゃん」

龍馬は輝く目で小龍を見た。

「アメリカという国がどこにあるか、その地図で教えとうせ」

「よっしゃ」

地図はヨーロッパを中心に描かれている。アメリカはヨーロッパ大陸の左（西）に描かれており、隣り合わせの形である。

日本は地図の右端（東端）に、小さなナスの形に描かれていた。

小龍は世界地図を手に持ち、くるっと大きく丸めた。

日本とアメリカ大陸が隣り合わせになった。

「ヨーロッパの船乗りたちは、地球は丸いことを知っている」

地球とは、いま我々が暮らしているこの星のことだと言い添えた。が、龍馬にはまったく理解ができない。

「星とは、夜になったら空でピカピカ光りゆう、あの星のことですか？」

小龍はわずかにうなずいた。

「いまは星も地球も、おまえに説明している暇がない。とりあえず先に進むぞ」

呑み込めない龍馬をそのままにして、小龍は丸めた地図を元にして話を進めた。

「アメリカと土佐の間には、何千里もの隔たりがあるが、海はつながっている」

浦戸湾の下田屋桟橋の海と、アメリカ大陸を囲んでいる海も、同じひとつの海だと小龍は説いた。

地球だの星だのが呑み込めなかった龍馬だが、海はひとつと聞いて目に輝きが戻った。

「ほうたら、あにやん……仁井田から海に乗り出したら、その地図のどっこにでも行けるがですか？」

「行けいでか！」

小龍は強い口調で請け合った。

「アメリカまで、漁師たちは海伝いに流されちょった。何年も過ぎたあとで、三人はおんなじ海を渡ってもんてきたがぜよ」

気を昂ぶらせた小龍は、土佐弁で熱く説き続けた。


このときの小龍の説明には、幾つも誤りがあった。吉田東洋が仕入れた情報に、何カ所も疵があったからだ。

しかし龍馬は話を聞いているうちに、身体の芯が震えるほどの昂ぶりを覚えた。

仁井田の桟橋と、鏡川に設けた才谷屋の桟橋とは水でつながっていた。つながっているがゆえに、龍馬は舟を漕いで川島家を訪ねることができるのだ。

仁井田の桟橋から長崎にも、海伝いに行けることを、龍馬は何年も前に教わっていた。

仁井田出帆後、御畳瀬の狭い水道を出れば太平洋である。

龍馬は自分で漕ぐ小舟で、何度も御畳瀬の先の外洋に出ていた。そして太平洋から桂浜の絶景を楽しんだりもしていた。

この海を走れば長崎につながる。

桂浜を見ながら、龍馬は遠く隔たった長崎の町を思い描いた。

「長崎は坂ばっかりやきのう。ちょっと高い丘に登ったら、町がよう見えるがぜよ」

高台から見る長崎の湊は、絵にも描けない美しい場所だと船乗りは龍馬に話した。

小龍の話を聞いたいま、龍馬は海の途方もない大きさを思い描いていた。

海を行けば、世界地図のどこにでも行ける。なぜなら、世界を回った船乗りたちが、この地図を描いているから……。

龍馬はあたまのなかで航海を続けていた。

小龍の話も、途中から聞いてはいなかった。


「どうかしたか、龍馬」

瞳（ひとみ）が定まっていない龍馬に、小龍が強い口調で問いかけた。

二度問われて、龍馬の瞳が定まった。

「土佐の漁師三人の在所は、宇佐浦で間違いないですか？」

「ちょっと待て」

小龍は小型の帳面をていねいに見て、自分が書き留めたことを確かめた。

「宇佐浦で、網元は徳右衛門だ」

間違いはないと請け合った。

「その三人は、これからどうなるんでしょうか。ひょっとして……」

「大丈夫だ、龍馬」

龍馬の心配を察した小龍は、途中で割って入った。

「うち（土佐藩）の殿様が、すでに御公儀に助命を願い出ておられる」

三人が打ち首になる心配はないと、小龍は言い切った。東洋を通じて、確かな感触を得ているのだろう。

「薩摩藩に引き渡されたあとは、長崎に護送されるはずだ」

長崎奉行所でさらに吟味をされたのち、土佐藩に身柄が返される。

「来年（嘉永五年）の夏頃には土佐藩に引き渡されると、先生は仰せられた」

「それでは、わたしたちはアメリカ帰りの漁師に、ご城下で会えるんですね！」

龍馬の目がさらに大きく見開かれている。

「そのときは吉田先生にお願いして、おまえも連れて行く」

答えた小龍に、龍馬は抱きついた。

大柄な龍馬に強く抱き締められた小龍は、息苦しそうに咳き込んだ。

昂ぶりのきわみにある龍馬は、構わず両腕に力を込めていた。

七

川島家のサロンで話を聞かされたのは、嘉永四（一八五一）年の六月だ。

南蛮渡来の分厚い敷物（カーペット）が、敷き詰められた八畳間。これを下田屋当主は蘭語のまま『サロン』と呼んでいた。

当主から見込みありと認められた土佐藩若手藩士に限り、サロンへの出入りが許された。

およそ半年が過ぎた十一月。

「やはりあの三人は長崎奉行所に留め置かれているそうだ」

坂本家を訪ねてきた小龍は、一段と詳しい話を入手していた。

小龍が顔を出すと、乙女はいつも浮き浮きした顔で茶菓の支度を進めた。

小龍もそんな乙女を憎からず思っている節がある。

すでに二十歳となった乙女は、母の強い勧めもあって縁談が調いつつあった。しかし乙女は余り乗り気ではなかった。

縁談相手は土佐藩重職の次男で、色白・痩身（そうしん）である。

郷士の坂本家には願ってもない良縁である。仲人に立った者は、次男の人柄のよさを褒め称えた。

仲人口を聞くたびに、乙女は大きな身体を小さくして吐息を漏らした。

「土佐の男は、もっと焦げちょらないかん」

色白で自分よりも背丈が低い相手を、乙女は気に入っていなかった。正直な気持ちを打ち明けたのは、弟の龍馬に限っていた。

その反動なのだろうか。

二十八歳のいま、学問の徒ながら逞（たくま）しく日焼けしている小龍を、乙女は心底好ましく思っていた。

とはいえ、先々で小龍と乙女が所帯を構える可能性は皆無である。

小龍の来訪を喜びながらも、乙女は自分の気持ちを強く抑えつけていた。

浮き浮きと茶の支度をするのは、精一杯の気持ちのあらわし方だった。

姉の心中に察しのついている龍馬である。

「あにゃんの話はおもしろいき、ねえやんもここにおって聞いたらええやいか」

姉の想いには気付かぬふりを決め込み、小龍と乙女が同座できるようにこころを砕いていた。

茶菓を供し終えた乙女が座に着いたところで、小龍はこの日の本題に入った。

「いまもまだ、長崎奉行所に留められちゅうがやけんど……」

気を昂ぶらせた小龍は、喉を鳴らして茶を呑んだ。乙女が同座していることで、昂ぶりに弾みがついているようだ。

「聞けば聞くばあ、あの三人は大した連中じゃと、おまさんやち分かるはずぜよ」

小龍は土佐弁でまくしたてていることにも気付かず、龍馬に仔細を話し始めた。

龍馬の隣に座っている乙女は、正座の足裏を組み替えて話に聞き入っていた。

「三人のなかでは、中ノ浜が在所の万次郎いう男が一番年下で、今年で二十四になったそうや」

小龍より四歳年下だが、龍馬からみれば七つ年上である。

自分の歳と比べながら、龍馬は小龍の話に聞き入っていた。

いまから十年前の天保十二（一八四一）年一月。当時十四歳だった万次郎は筆之丞という名の船頭が操る漁船で出漁した。

万次郎の在所は足摺岬近くの中ノ浜だが、十四歳で出漁したのは高知城下からさほどに遠くない宇佐浦だった。

漁船に乗っていたのは船頭筆之丞、弟の重助と五右衛門、手伝いの寅右衛門、それにかしき（雑用と炊事番）の万次郎である。

足摺岬の沖合で冬の嵐に襲いかかられた漁船は、帆も舵も櫓もすべて失った。

潮に運ばれて、漁船は流され続けた。鳥も通わぬという流刑地・八丈島からさらに南の、鳥島という無人島に漂着した。

雨水を飲み魚を獲り、そして鳥島と呼ばれる由来となったアホウドリを食しながら五人は生きながらえた。

島の近くを通りかかったアメリカの捕鯨船ジョン・ハウランド号に救助されたとき、漂着から百五十日近くが過ぎていた。

万次郎たち五人は捕鯨船でサンドイッチ諸島（ハワイ諸島）のハナロロ（ホノルル）に運ばれた。

足に怪我を負っていた重助と兄の筆之丞、弟の五右衛門、それに寅右衛門の四人はハナロロで下船した。

万次郎ひとりがジョン・ハウランド号に残り、ハナロロを出港した。

天保十二年十二月のことである。万次郎はその後一年半の間、ジョン・ハウランド号で捕鯨の航海を続けた。

途中で二度も捕鯨船は日本に近寄った。なかの一度は室戸岬から三千尋（約四・五キロ）の沖合にまで近づいていた。

それでも万次郎は捕鯨船から下りようとはしなかった。ハナロロに残っている四人の仲間を残して、ひとり在所に帰る気にはなれなかったのだ。

「いま日本に帰ったら、たとえ漂流民でも首を刎(は)ねられる」

船長に言い聞かされたことも、下船を思いとどまった理由のひとつだった。

万次郎はその後も航海を続け、天保十四（一八四三）年五月にアメリカ最大の捕鯨基地、ニューベッドフォードに上陸を果たした。

その後はホイットフィールド船長の世話を受けて、フェアヘブンの小学校に通い、さらには航海士を養成するバートレット・アカデミーを卒業した。

卒業後は再び捕鯨船に乗り、世界の海を何周も航海した。

フェアヘブンに戻ったあと、万次郎はアメリカの西海岸に向かい、金鉱で働いた。

なにがあっても土佐に帰国したかったからだ。その船賃を金鉱で稼いだ。

金鉱は捕鯨船よりも給金がよかった。

一ドル銀貨六百枚も稼いだ万次郎は、桑港(サンフランシスコ)から上海(シャンハイ)に向かう商船に乗った。

ハナロロで下船し、九年前に別れた仲間を捜した。

重助は負った怪我が悪化してすでに没していた。

寅右衛門はハナロロの女と所帯を構えており、そのまま居残ると考えを告げた。

筆之丞、五右衛門、万次郎の三人が新たな客船に乗り込み、日本を目指した。

ハナロロで万次郎は一杯の小舟を買い求めた。

「シャンハイに向かう途中、琉球の沖合に差し掛かったら下船させてほしい」

船長と談判し、諒承（りょうしょう）を取り付けた。

予定通り琉球沖合に差し掛かったとき、船長は万次郎たちの下船を許可した。

さまざまな土産物を山ほど積み込んだ小舟で、三人は琉球の浜に漕ぎ着いた。

薩摩藩の監督下にある琉球王国に帰り着いたとき、土佐国宇佐浦を出てから丸十年が過ぎていた。

分厚い帳面に書き留めた心覚えを見ながら、小龍は長い話を終えた。

「新しいお茶をいれてきますき」

立ち上がった乙女の頬は、上気して朱に染まっていた。

龍馬は姉以上に気持ちを昂ぶらせていた。

「わたしよりたった七歳しか上やないひとが、あのでっかい海を」

思わず立ち上がった龍馬は、両腕を振り回して大きな円を描いた。龍馬が思い描く海の大きさは、身の丈をはるかに越えていた。

「いままでなんべんやち、万次郎さんはあっちこっちの海を、たるばあ行きまくっちょったがですか！」

「その通りぜよ」

小龍は即座に応えた。

「まあ、座れ」

龍馬を元の座に座らせてから、小龍は想いの続きを語り始めた。

「わしが一番感心したがは、万次郎という男の仲間を想う気持ちぜよ」

帰国するのはかならず五人でと、万次郎はハナロロで約束していた。

「万次郎ひとりで帰るがやったら、それこれ何べんでもその折はあったにかあらん」

万次郎は友との約束を一番の大事と捉えていた。ゆえに全員が帰国できるカネが貯まるまで、ひたむきに働き続けた。

桑港近くの金鉱で稼いだカネも、すべてを惜しまずに友たちとの帰国費用に充当した。

琉球に上陸する小舟も、琉球までの船賃三人分も、すべて万次郎が支払っていた。

小龍の言い分を、龍馬は身体のすべてで受け止めた。

「わたしは宇佐浦に行ってみます」

小龍に告げた声は、昂ぶりのあまりに震え気味だった。

第四章　龍馬、宇佐浦へ

一

龍馬が宇佐浦を訪れるために鏡川べりに立ったのは、嘉永四（一八五一）年十二月十五日の夜明け直後だった。

折しも小寒の朝である。

鏡川を渡る風は、触れたものすべてを切り裂くような凍えをはらんでいた。

寒さは厳しいが天気は晴れだ。東の空はじわじわと明るさを増している。

焚(た)き火にかざした手をこすり合わせながら、要が問いを発した。

「帆柱は？」

六十の峠を大きく越えた川船頭の要だが、まだ腰はしゃきっと伸びている。龍馬に支度の有無を質(ただ)す声には張りがあった。

「帆布もちゃんと、新しいがに張り直しちょきました」

要を相手にしたときの龍馬は、十七歳のいまでもこども時分の物言いのままである。

「握り飯と吸筒は？」

「どっちもあります」

竹皮包みの弁当と、孟宗竹（もうそうちく）の吸筒二本を持ち上げて示した。熱々の茶を注ぎ入れた吸筒には、湯たんぽのような温（ぬく）もりがあった。

「櫓（ろ）の控えと棹（さお）もあるがかね？」

「あります」

舟に横たわっている控えの櫓と棹を、龍馬は目で確かめた。

支度に抜かりはないと得心した要は、水の道のりに言い及び始めた。

「桂浜の竜宮岩を過ぎたら、思い切って浜のねき（近く）まで舟を寄せないかんぜよ」

龍馬は川島家を訪れるときの小舟で、宇佐浦まで出向く算段をしていた。

龍馬なら行き着けると要は確信しているようだ。しかし宇佐浦に向かうには、一度浦戸湾から外洋に出なければならない。

御畳瀬の水道を出た先は、黒潮が流れる太平洋だ。さえぎるもののない大海原は、吹き渡る風の強さが湾の内とは大きく違った。

才谷屋桟橋から宇佐浦までは、およそ七里（約二十八キロ）だ。それだけの長さの水の道を、龍馬はひとりで奔ることになる。

廻漕問屋なら、控えの船頭をかならず乗せる距離だった。

要はしかし、距離の長さを案じているわけではなかった。

「桂浜を過ぎたら、いまの時季は強い風が西に向いて吹いちゅうきにのう。行き（往路）のおまさんには、こじゃんとええ追風じゃき」

颪は味方だと要は判じていた。そのかたわら、颪は手強い敵となるやもしれぬことも長い船頭の経験から分かっていた。

「おまさんが風と潮をぎっちり掴(つか)んだら、いまから三刻半（七時間）で行き着ける」

「はい！」

要は舟の師匠である。龍馬は威勢のいい返事をした。

「今日は小寒で、寒の入りじゃきにのう。櫓を漕ぎ続けて汗が浮いちょったち、寒さを舐(な)めたらいかんぜよ」

要は海を渡る寒風を危ぶんでいた。

颪は舟を前に押してくれると同時に、龍馬の身体(からだ)から温もりも奪うからだ。

「おじい（要）に言われた通りに、着替えも油紙も用意しちゅうき安心してつかあさい」

木綿の大きな風呂敷包みを持ち上げて、要に見せた。

三刻半の間、休みを挟みながらとはいえ櫓を漕ぎ続けるのだ。浜の面談相手への礼儀からも、着替えは必携品だった。

油紙は身体に巻き付けることで、寒風に食いつかれるのを防ぐことができる。適宜、身体から剝(は)がして巻き直せば、着衣が汗まみれになるのも防げた。

「あれも持っちゅうがやろうのう？」

「ちゃんと油紙に包んで、着替えの下に仕舞ってあります」

龍馬は笑みを浮かべて返答した。

「それやったらええ」

支度をすべて確かめ終えたとき、初めて要の顔に笑みが浮かんだ。

栈橋で龍馬を見送るのは要ひとりだけだ。なにかにつけ龍馬の近くにいる姉の乙女は、母の供で泊まりがけで出かけていた。

「おまさんがひとりで出向いてきたと分かったら、浜の漁師やち、気をゆるいてくれる」

しっかり漕いで行ってこいと、要は龍馬の背中を押した。

鏡川から浦戸湾に向けては、風は逆風である。龍馬は力強い音を立てて櫓を漕ぎ始めた。


要の読みよりも半刻（一時間）も早く、小舟は宇佐浦に行き着いた。

追風が強かったことに加えて、速い潮流を摑むことができたからだ。

黒潮は西から東に向けて流れている。しかしその潮の一部は土佐国東端の室戸岬にぶつかったあとは、折り返しで流れを逆にした。

その潮は土佐の海岸線の近くを東から西に流れている。龍馬は巧みに櫓を操り、逆流れの潮を摑んだ。

風と潮に恵まれた龍馬は、正午過ぎに宇佐浦に行き着くことができた。

砂浜に小舟を乗り上げたあと、満潮でも潮が届かない場所まで引き上げた。そして着替えを始めた。

龍馬から半町（約五十五メートル）離れた場所で、漁師四人が焚き火を囲んでいた。

「なにしゆうがぜよ、あの男は」

龍馬が小舟を引っ張り上げているときから、漁師たちは見続けていた。

宇佐浦には漁船を横付けする桟橋が設けられていた。が、正午のいまは漁から戻ってきた漁船で桟橋は一杯である。

砂浜に小舟を引き上げるのは、浜の作法にかなっていた。とはいえ見かけない舟だし、漕いできた男は舟のわきで武家の身なりに着替えている。

浜を守る漁師たちにしてみれば、知らぬ顔で見ているわけにはいかなかった。

「わしが訊（き）くきに」

六尺（約百八十二センチ）の身の丈が自慢の勇三（ゆうぞう）が、大股（おおまた）で龍馬を目指して歩き始めた。仲間三人が勇三を追った。

漁師たちが目の前まで近づいたのは、龍馬が身繕いを終えたときだった。

いまにも摑みかからんばかりの尖（とが）った目で、勇三は龍馬を睨（にら）み付けた。

龍馬も大柄だが、両腕を垂らして身構えている勇三には及ばなかった。

「おれ、ここの徳右衛門さんに用があって高知城下からきました」

おまえは何者だと誰何（すいか）される前に、龍馬は網元の名を口にした。

宇佐浦で一番の網元が徳右衛門である。漁師の目がわずかに和らいだ。

「おまさん、城下からひっとりでその舟を漕いできたがかね」

「はい」

明るい声の返事が砂浜に響いた。

四人の男が小舟を取り囲んだ。全員が漁師ゆえに舟には詳しい。

城下からひとりで漕いできたことに、四人とも心底驚いたようだ。

「いまはまだ昼を過ぎたばあやけんど」

問う勇三の口調に尖りはなかった。

「おまさん、いったい何どきに城下を出たがぜよ」

「今朝の夜明けどきです」

龍馬が答えると、男たちから「うおっ」と驚きの声が上がった。

「ほいたらおまさんは、たったの三刻でここまで来たがかよ」

勇三の声が裏返っていた。

「追風と潮の流れに助けられましたから」

風と潮の両方に恵まれた賜だと、龍馬は正味の物言いで答えた。

口先だけの謙遜ではなく、本気で龍馬は風と潮に感謝していると漁師たちは呑み込んだのだろう。

「風を摑むがも潮に乗るがも、どっちも技やきにのう」

このやり取りで、四人の漁師は龍馬を受け入れたようだ。

「徳右衛門さんはわしらの網元やけんど、どんな用があるがぜよ」

勇三が柔らかな物言いで訊ねた。

「おれは才谷屋という両替商の親戚の者です。叔父（おじ）から預かっている書付を、徳右衛門さんに届けにきたがです」

龍馬は胸元に納めている封筒を示した。油紙に包み、着替えの下に納めてきたあれだ。

「よっしゃ」

案内役を引き受けた勇三は、仲間三人に小舟を桟橋に舫（もや）うように言いつけた。

三人が動き始めたのを見極めてから、勇三は徳右衛門屋敷に向かい始めた。

「わしは勇三やけんど、おまさんはだれぞね」

「坂本龍馬です」

龍馬は胸を張って名乗った。

「あんまり聞かん名前やけんど、どんな字を書くがぜよ」

徳右衛門屋敷に向かう道々、勇三はあれこれと問いを重ねた。

凍えた潮風が龍馬にまとわりついた。が、徳右衛門と向き合うことを思っている龍馬は、気が張り詰めている。

潮風がはらんだ凍えも、龍馬には歯が立たないようだ。ほつれた髪を揺らしただけで、あっさりと龍馬から離れて行った。

二

網元の屋敷への出入り勝手が許されているのだろう。龍馬を従えた勇三は屋敷の玄関ではなく、庭につながる木戸を開いた。

正午過ぎのいま、網元は座敷ではなく庭にいると勇三は分かっていたようだ。

木戸から入った先には、三百坪の庭が広がっていた。落葉樹の古木が何本も植わっており、広い庭のあちこちに色づいた落ち葉の小山ができていた。

嘉永四（一八五一）年十二月十五日はこの年の小寒で、寒の入り当日である。屋敷の当主徳右衛門は、陽の当たる庭で落ち葉を燃やしていた。

「網元にお客さんですらぁ」

徳右衛門に近寄った勇三は、時折り龍馬を指し示しながら聞き取った事情を話した。

竹ぼうきを手にしたままの徳右衛門が、龍馬に近寄ってきた。

白髪混じりでひたいが広くなっており、五十路(いそじ)はとうに超えていそうにも見えた。しかし片手に竹ぼうきを握って向かってくる姿を見て、龍馬は網元の歳(とし)が読めなくなった。

背筋はビシッと伸びており、ほうきを握った姿にはまるで隙(すき)が感じられないのだ。

竹ぼうきを竹刀の代わりにして立ち合える技量の持ち主だと、龍馬は感じていた。

徳右衛門も龍馬を見るなり、剣術に長(た)けた若者だと察したようだ。充分な間合いを保って龍馬と向き合った。

「城下の鏡川からここまで、おまさんはひとりで舟を漕いできたがかね？」

「はい」

明瞭(めいりょう)な物言いで応じた龍馬は、提げてきた状袋を手に持った。そして才谷屋当主がしたためた添え状を取り出そうとした。

その動きを徳右衛門は制した。

「おまさんが漕いできた舟を見せてもらいたいが、構わんかのう？」

徳右衛門は手に持っていた竹ぼうきの柄を勇三に握らせた。その仕草で、網元と船頭の格の違いが明らかになった。

い、い、い、い、い、
あとはわしが引き受ける。

徳右衛門は竹ぼうきを握らせたことで、勇三に告げたのだ。

龍馬を促して共に木戸から外に出た徳右衛門は、桟橋に向かい始めた。

陽は変わらず降り注いでいた。しかし凍えをはらんだ潮風は、陽光のぬくもりを根こそぎ奪い取っている。

木陰に入ると息が白く濁って見えた。龍馬と徳右衛門はしかし、格別に寒そうな素振りも見せずにずんずんと浜に向かった。

桟橋では浜のこどもたちが龍馬の小舟に乗って遊んでいた。浜で育つ男児には凍えた潮風など、なんでもないらしい。

黒潮が入り江の先の外洋を流れており、海水は小寒の今日でも温かだ。こどもたちは木綿の長着一枚だけで達者に騒いでいた。

漁を終えた漁船は、一杯残らず砂浜に引き上げられている。海に浮かんでいるのは龍馬の小舟だけだった。

もしも漁船に乗って遊んだりしたら、漁師からこっぴどく叱られるに決まっている。しかしいま桟橋に舫われているのは、浜で見たことのない小舟だ。

こどもたちには格好の遊び道具だった。

徳右衛門は舟から四半町（約二十七メートル）の手前で足を止めた。小舟をおもちゃ代わりにしているこどもたちが、徳右衛門を見て飛び散ることにはならない隔たりである。

龍馬も徳右衛門と一緒に立ち止まった。

「おまさんの舟は、あれかね？」

「そうです」

龍馬は静かな物言いで答えた。

「漕ぐところを、わしに見せてくれんかのう」

徳右衛門の両目が龍馬を見詰めていた。

「承知しました」

即答した龍馬は、ゆるい歩みで小舟に向かいながら考えた。

網元はおれの櫓の扱い方を見て、力量を見極めようとしている……。

試されていると察した龍馬は、受けて立つしかないと肚をくくった。

網元がそう出るなら、おれにも考えがある。

龍馬は歩調を変えずに桟橋に向かった。

こどもたちは龍馬を見ても慌てなかった。漁船で遊ぶこどもを叱り飛ばす、漁師のあの凄みを感じなかったのだろう。

舟に近寄り舫い綱を解き始めても、こどもたちは構わずに舟を揺らしていた。浜の者ではない龍馬を甘く見ていたに違いない。

舫い綱を解き終わっても、こども三人はまだ舟を左右に揺らしていた。

舟に乗り、櫓を差し込んだ龍馬はこどもたちを乗せたまま舟を漕ぎ出した。

さすがにこどもの顔色が変わった。まさか、自分たちを乗せたまま桟橋から離れるとは思ってもみなかったのだろう。

「おんちゃん、どこに行きゆうがあ？」

桟橋から二十尋（ひろ）（約三十メートル）ほど離れたとき、年長のこどもが龍馬に問いかけた。気を張っているらしく、息遣いが荒い。口の周りが白く濁っていた。

他のふたりはいまにも泣き出しそうな顔だ。

龍馬は櫓の漕ぎ方だけで、舵も使わずに舳先を桟橋に向け直した。腰をかがめて右手を海水につけた。

海のほうがぬ
くいかった。

「おんしゃらあ、泳げるがやろうにゃあ」

おまえたち、泳げるだろうなと土佐弁で訊いた。三人はこわばった顔でうなずいた。

龍馬は両足を互い違いに強く踏んで、小舟を左右に大きく揺らした。

不意打ちを食らったこども三人は、海に投げ出された。遠浅の浜だが、小舟は二十尋の沖に出ていた。龍馬の背丈でも底には届かない深さだ。

投げ込まれた直後は、三人とも慌てて手足をバタバタさせた。が、浜育ちで泳ぎは達者なこどもたちである。しかも海につかっているほうが温かだ。

すぐに両手で海水をかき分けて、桟橋に向かって泳ぎ始めた。

こどもの泳ぎの邪魔をせぬよう気遣いつつ、龍馬も桟橋に小舟を戻した。

舫い綱を結んでいる龍馬めがけて、まだ海中にいる三人は思いっきり水をぶっかけた。

龍馬はよけることもせず、こどもが飛ばす水を身体で浴びた。

「なかなか、ええもんを見せてもろうた」

こどもへの接し方と、櫓の漕ぎ方の両方に、徳右衛門は満足したらしい。

「もういっぺん屋敷(うち)にもんて、ゆっくり話を聞かせてもらおうかのう」

徳右衛門の声音が柔らかくなっていた。


話を聞き終えた徳右衛門は、よほどに嬉(うれ)しかったに違いない。

バシッ、バシッと二度、強く手を叩(たた)いた。廊下を鳴らして女中が駆けてきた。

「勇三はまだおるか？」

「おります」

勇三は炊事場で下男と一緒に、遅い昼餉(ひるげ)を食べているさなかだった。

「いますぐ、ここに寄越してくれんかのう」

徳右衛門の人柄なのだろう。指図をする物言いは柔らかである。

立ち上がった女中は、また廊下を鳴らして炊事場へと戻った。

入れ替わりに勇三が顔を出した。昼餉のあとに酒を楽しんでいたらしい。頬には朱がさしていた。

「筆之丞、五右衛門、万次郎の三人が、元気なまま長崎にもんてきちゅうと、この龍馬さんが教えてくれた」

半鐘を叩いて浜の者を呼び集めるようにと勇三に指図した。

「よっしゃ！」

勇三は余計な問いを一切せず、急ぎ火の見やぐらに向かい、梯子（はしご）を登った。

浜の高台に設けられた火の見やぐらは、高さが二丈（約六メートル）だ。当番の漁師が火事の見張りをするとともに、浜の住人に時を告げるのも大事な役目だった。

勇三は見張り番から槌（つち）を受け取った。

ジャン、ジャン、カアアーン……。

この半鐘の打ち方は、急ぎ徳右衛門屋敷に集まれという合図である。勇三は半鐘も割れよとばかりに、合図を鳴らし続けた。

朝の漁も終わり、漁船の大半は浜に戻っていた。昼飯を食ったあと、多くの漁師は昼寝をしたり、昼酒をあおったりしていた刻限だ。

突如鳴り始めた半鐘に、女房連中は飛び上がって驚いた。

「おとうちゃん、えらいことやき」

亭主を叩き起こすと、一緒になって徳右衛門屋敷に駆けつけた。

浜で遊んでいたこどもたちも、白い息を吐きながら網元屋敷に向かった。

「わしが番をしちゃるきに、おんしゃも網元屋敷に行けや」

勇三に言われた見張り番は、梯子の両端を握って滑り降りた。

筆之丞さんらあが生きちょったか！

勇三は海を見詰めて声を漏らした。

カモメが火の見やぐらの真上で舞っていた。

三

徳右衛門屋敷の母屋には、庭に面した二十畳の広間が普請されていた。

寄合やお客（宴会）に使うための広間で、集まるのは浜の漁師とその家族である。

出入りに屋敷玄関を使わずに済むように、庭からじかに広間に上がれる造りだ。

一年のうちで一番大きな集まりとなるのは、元日の祝い膳（ぜん）である。その折には履物が踏み台代わりの石の周りに重なりあった。

今日はしかし、元日を大きく超える数の履物が庭に脱ぎ散らかされていた。

しかもまだ、庭には次々に漁師たちが押し寄せていた。

「座敷にはもう上がれんきに、そのまま庭に立っちょってくれ」

成り行きで世話役を担うことになった勇三は、庭で声を張り上げていた。

半鐘をジャンジャン打ち鳴らして、浜の者を呼び集めたのだ。

すわっ、一大事かと、宇佐浦の漁師のほとんどが網元屋敷に詰めかけていた。

陽がかげると師走の浜は冷えた。が、徳右衛門屋敷だけは寒さと無縁だった。

「師走ももう真ん中やに、どういてこんなに暑いがやろう」

庭に立っている漁師たちは、汗ばんだひたいに手拭い（てぬぐい）を使っていた。

勇三が近くを通りかかったとき、同じ漁船に乗ったことのある男が袖（そで）を引っ張った。

「なにが起きて、あればあ半鐘をジャカスカと鳴らいたがぜよ」

「もうじき網元さんが出てくるきに、ここで待ちよってくれや」

勇三の言い分がきっかけとなったかのように、徳右衛門は濡れ縁伝いに居室から出てきた。

大柄な龍馬が徳右衛門に従っている。

ざわめきが一気に静まった。

徳右衛門の目配せを受けて、女中が高さ一尺（約三十センチ）の踏み台を運んできた。

徳右衛門は踏み台に乗った。

「みんなあ、よう集まってくれた」

踏み台は濡れ縁に置かれている。徳右衛門は広間を見回し、次いで庭に目を向けた。

集まっているのは漁師とその女房たちで、人数は百人を超えていた。

「わしの隣におるひとは城下の上町からわざわざ出向いてきてくれた、郷士の坂本龍馬さんじや」

踏み台に乗っている徳右衛門の肩口まで、龍馬は上背があった。

「坂本龍馬です」

自ら名乗ってから、広間と庭の両方にそれぞれ会釈をした。

龍馬が姿勢を戻すと、徳右衛門が話の続きを始めた。

「半鐘をこすらせたわけは、龍馬さんが飛び切りの吉報を持ってきてくれたからじゃ」

徳右衛門は大きく息を吸い込み、吐き出したあとは丹田に力を込めた。

「筆之丞、五右衛門、万次郎の三人が、生きて長崎にもんてきちゅうがぜよ！」

徳右衛門は声を張り上げた。

束の間、広間からも庭からも物音が消えた。すぐにはだれもが、吉報の意味を呑み込めなかったのだ。

ひと息をおいたあとで、先に庭から凄まじい歓声が挙がった。

「うおおっ！」

言葉になってはいない、雄叫びである。

庭の声に負けてなるものかとばかり、広間では喝采と拍手が湧き上がった。

徳右衛門は踏み台に乗ったまま、漁師たちの喜びが収まるまで待っていた。

拍手が鳴り止んだ。

「どういて三人が長崎におるがか、仔細を聞かせてつかあさい」

広間にいた漁師が徳右衛門に頼んだ。

再び屋敷中が静まり返った。

「筆之丞らあ三人だけが生きてもんて来られたかは、龍馬さんやち詳しゅうには分かっちゃあせん」

五人流されたのに、なぜ生還できたのは三人だけなのか。

そもそも、今日までいったいどこで暮らしていたのか。

なぜいま、長崎にいるのか。

いつ土佐に戻って来られるのか。

次々に疑問が生まれるが、これらへの答えを龍馬は持ち合わせてはいなかった。

「分からんことだらけやけんど、慌てんでもええ。三人とも長崎の奉行所におるがは、間違いないことやきのう」

仔細が分かり次第、高知城下から龍馬が飛脚便を仕立てて報せてくれる……。

徳右衛門がこう告げるなり、広間でも庭でも喜びの声が破裂した。

庭にいた漁師のひとりが、履物を履いたまま濡れ縁に駆け上がった。そして龍馬の前で身体をふたつに折った。

「三人が無事なままでもんて来れるよう、どうかどうか、よろしゅうに」

深くこうべを垂れた姿勢で、漁師は龍馬に頼み込んだ。

龍馬は漁師の肩を両手で強く摑み、あたまを上げさせた。

「わたしに力があるわけではありません。あたまなんか、下げないでください」

新たなことが分かり次第、すぐに報せますから……龍馬は漁師の目を見詰めて言葉を足した。

「どうか、よろしゅうに」

漁師はまた辞儀をした。

その場にいた全員が、網元の徳右衛門までが声を揃えて頼んだ。

声の大きなことに、なにごとかと驚いたのだろう。

ううう……。

飼い犬が低い唸り声を漏らした。

四

嘉永四（一八五一）年十二月十五日、八ツ（午後二時）下がり。

年の瀬と呼ぶには早いこの時季に、ひと足早い餅搗きが宇佐浦で始まろうとしていた。

徳右衛門が漁師たちに指図したのだ。

「こんなめでたいことはない！」

費えを惜しまず、とことん盛大な餅搗きを始めるようにと強く申し渡した。

宇佐浦での最上の祝い方……それは遠い昔から餅搗きをして、その餅を漁師たちの口に入れることである。

水田の少ない漁村にあっては、餅を振舞うのは飛び切りのぜいたくだった。

「最初のひと臼は波切不動尊さまに奉納して、三人の道中無事をお願いせんといかん」

神様への御礼ゆえ、断じてつましいことはするなと何度も指図を重ねた。

餅搗きの場所は、筆之丞たちが徳右衛門丸を船出させた浜と決まった。

なにしろ漁師だけで七十人も網元の屋敷に集まっていた。だれもが赤銅色に日焼けをしており、胸板は分厚くて腕は太い。

餅搗き道具を浜まで運ぶのにも、人手を案ずることはなかった。

蔵に納まっていた臼、杵、蒸籠（せいろ）、持ち運びできるへっついなど、餅搗き道具一式三基分を三台の荷車で運んだ。

龍馬も漁師たちと一緒に浜へと向かった。一緒に餅を搗き、波切不動尊への奉納にも同行する気である。

徳右衛門の強い勧めを、龍馬は受け入れていた。


「明日も今日とおんなじで、夜明けから上天気は間違いない」

空見に長けている徳右衛門は、明日の晴天を請け合った。

宇佐浦から外海に出たあとは、陸から四千尋（約六キロ）の沖を進めばいい。

「室戸岬のほうに流れゆう黒潮は、ゴオゴオと音を立てるばあ威勢がええきに」

潮の流れさえ摑めば、御畳瀬まではわけなく行ける。

「御畳瀬から浦戸湾に入ったら、あとはおまさんの天下じゃろう」

明日の夜明けに船出をすれば、来たとき同様、昼過ぎには帰り着けるだろうと徳右衛門は判じていた。

「そうさせてもらいます」

龍馬は勧めに従うことにした。


餅搗きが始まると同時に、手の空いている漁師たちは三杯の漁船に飾り付けを始めた。

「両舷の舳先から艫まで、隙間がないばあ大漁旗で飾れや」

「よっしゃあ」

大漁旗は漁師の宝物で、だれもが二枚、三枚と持っていた。

徳右衛門以外の漁師たちも「どっかで達者に生きちゅう」と、言い続けてきた。

が、口には出さずとも、筆之丞たち五人はもはや生きてはいないと諦(あきら)めていた。

ところが生きていた！

仲間の達者は我がことも同然に喜ぶのが漁師である。

「わしの旗を舳先につこうてくれ」

「ほいたらわしのも、左舷の舳先に飾ってくれや」

漁船の周りには百枚を超える大漁旗が持ち寄られた。

餅搗きの後は三杯の漁船で対岸に渡り、波切不動尊に御礼参りをする段取りである。向こう岸は桟橋が小さいために、漁船は三杯横付けするのが限りだった。

「一枚ずつやのうて何枚も重ねて飾ったら、百枚ばあは何とでもなる」

「まかせちょけ！」

飾り付けをする漁師は、弾んだ声で強く請け合った。

五臼の餅搗きが終わったときには、冬の陽は山の斜め上に移っていた。

これが仲間を大事にするということか。

西日を身体に浴びて立ち働く漁師の姿に、龍馬は深い感銘を覚えながら見入っていた。

五

空を見上げ、天道の居場所を確かめた龍馬は、正午が近いと判じた。

嘉永四（一八五一）年十二月十六日、今日の冬空も見事に高く晴れていた。

艫に座り、櫓を引き上げた龍馬は帆の向きを追風に合わせた。小さな帆が風を浴びて、ふわっと膨らんだ。

舳先の右舷には五台山が見えている。浦戸湾と鏡川が交わるのも間もなくだ。

明け六ツ（午前六時）に宇佐浦を船出したあとは、桂浜の手前で小休止しただけで、龍馬は小舟を走らせ続けてきた。

五台山が右舷前方に見え始めれば、もはや上町に戻ってきたも同然である。

正しく言うならば、才谷屋の船着き場に帰り着くには、まだ鏡川を一里以上も遡行（そこう）しなければならない。

しかし鏡川と浦戸湾とが交わる青柳橋辺りまで戻ってくれれば、上町に戻ってきたのも同じだと龍馬は感じた。

夜明け直後に宇佐浦を出てから、ここまで走り続けてきたのだ。長かった航路を思えば、鏡川の一里遡行など何でもなかった。

巧(うま)い具合に、潮は鏡川をさかのぼる上げ潮である。

船尾に取り付けた小さな舵を操り、舳先を鏡川の河口に向けた。

潮に乗り、柔らかな追風を帆に受けた小舟は、心地よさげに河口を目指している。艫に座した龍馬は、徳右衛門屋敷で受け取った竹皮包みを開いた。

途中の腹ごしらえにと徳右衛門が用意してくれた弁当である。醤油(しょうゆ)を付け焼きにした握り飯が、まだ三個残っていた。

桂浜の手前一里半の海で、龍馬は黒潮まかせにして櫓を引き上げた。そして竹皮包みを開き、握り飯三個と竹筒の番茶を呑んでいた。

青柳橋まで戻ったことで、弁当の残りを平らげる気になったのだ。

天道は空の真ん中近くにいたが、夏に比べれば居場所が低かった。それでも空を見上げて陽を浴びると、潮風の涼しさが心地よく感じられた。

「いただきます」

握り飯を宇佐浦の方角に向けて掲げ持ち、大声で徳右衛門に礼を言った。

メシに染み込んだ醤油が、米の甘味とからまりあった焼き握り飯だ。呑み込むのが惜しく思われた。

嚙むほどに、この握り飯を拵えてくれた宇佐浦の人々の情の厚さが思い返された。

「網元さんが言いよった通りになったきに」

筆之丞たち三人の生存を祝う宴で、何十回もこの言葉が繰り返された。

だれもが龍馬とは初顔の祝宴だった。

しかし四斗樽にひしゃくを突っ込み、じかに汲み上げた酒を飲み交わせば、それだけで間柄は十年来の知己となる。

これが宇佐浦の酒宴の流儀なのだ。初顔など吹き飛べよとばかりに、漁師たちは龍馬に親しい口をきいた。

「わしらの網元さんは、えらいひとじゃろうが」

「ほんまに網元さんが言うちょった通りになった」

漁師のだれもが同じ言葉を繰り返した。

酒が深くなるにつれて、言い方の調子が微妙に異なってきた。

こころに後ろめたさを隠し持っているような口調に、龍馬には聞こえた。

「勇三さん……」

宴の途中で勇三の前に進み出た龍馬は、小声で問いかけた。

「網元さんの言うてきた通りになったと、みんなあ喜びゆうみたいですけんど、どうも言い方に合点がいきません」

漁師たちはなにか後ろめたさを感じているのかと、真正面から問うた。

盃を膳に置いた勇三は、龍馬を連れて広間の外に出た。昼間には温（ぬく）さすら感じたが、夜は宇佐浦にも真冬の凍えが居座っていた。

酒が入り身体が火照（ほて）っている勇三である。しかし息を吐くと、口の周りが白く濁って見えた。

夜気は強く冷えていた。

「網元さんは十年前の天保十二（一八四一）年三月から、毎月五日になったら波切不動へのお参りを続けてきちゅうきにのう」

勇三は夜空を見上げて吐息を漏らした。

天保十二年一月五日に、筆之丞たち五人は宇佐浦を船出した。その日を最後に、五人は行方知れずとなった。

漁師たちは仲間の無事を願った。しかし一カ月が過ぎた二月五日には……。

「言いとうはないけんど、もう五人はもんてこれん（帰ってはこない）にかあらん」

漁師の大半は五人は遭難し命を落としたものと思っていた。

網元の徳右衛門は違った。

「筆之丞は浜で一番の船頭じゃ。あの男やったら、どうやってでも生きちゅうに決まっちょらや」

遭難など断じてないと言い切る徳右衛門は、五人が船出した二カ月後の三月五日に、波切不動に筆之丞たちの安泰祈願法要を頼んだ。そして毎月五日には舟を仕立てて対岸に渡り、波切不動へのお参りをした。

丸十年が過ぎた今年になっても、徳右衛門は五日のお参りは続けていた。

配下の者の無事を願う徳右衛門の姿を見て、漁師たちは行き違うときにはこうべを垂れた。

が、もはや五人は生きているはずもないと、胸の内では考えていた。

年が明ければ船出から十一年を迎えるというい まになって、三人の生存が分かった。

徳右衛門と一緒になって心底喜びつつも、漁師たちは深い後ろめたさを抱え持っていた。

徳右衛門のようには、五人の生存を信じていなかったからである。

網元を称える言葉は、だれもが正味から出たものだ。

「おまさんが言い当てた通り、ここにおるみんなあが、網元さんにはえらいすまざったと、こころの底で詫びちゅうがぜよ」

後ろめたさを感じ取って当然だと、勇三は正直に打ち明けた。

「こっから先は、もうなにがあったち、行方知れずになった仲間を見捨てることはせんきに」

亡骸と対面するまでは、絶対に仲間は生きていると信じる……言い切った勇三は、徳右衛門の居室に向かって深々とこうべを垂れた。

今夜は十五日である。真冬の夜空では満月が蒼く光っていた。

才谷屋の桟橋には九ツ半（午後一時）過ぎに帰り着いた。坂本家で着替えを済ませた龍馬は、足を急がせて新屋敷に向かった。

河田小龍と話がしたくてたまらなかったのだ。前触れもなしに押しかけたのだが、幸いにも小龍は在宅だった。

「深い感銘を受けました」

網元屋敷で過ごした二日間の顚末を、龍馬は仔細に話した。

「折があれば、わたしも徳右衛門殿に会って話をうかがいたいものだ」

小龍も徳右衛門の人柄に感銘を受けていた。

ひとしきり宇佐浦の話を聞かせたあと、龍馬は居住まいを正した。

「このたびのことで、わたしは強く感じたことがあります」

龍馬は声を潜め気味にした。

「思うことがあれば、なんでも言いなさい。ここでは他人の耳目を気にすることはない」

小龍は変わらぬ口調で龍馬を促した。

背筋を目一杯に伸ばし、丹田に力をこめた龍馬は、話す前に深呼吸をした。

「鎖国は間違っています」

龍馬は強い口調でこれを言い切った。

他の耳目を気にするなと言った小龍が、急ぎ立ち上がった。そしてふすまを開き、部屋の外にひとの気配がないことを確かめてから座に戻った。

「いきなり言われていささか驚いたが、おまえの考えを聞かせてくれ」

小龍も肚をくくったという顔つきで先を促した。

「宇佐浦の漁師だった五人は、舟が流されたとはいえ、海を渡ってアメリカに行きました」

龍馬は川島家で何度も見てきた世界地図をあたまに思い浮かべながら話をしていた。

「ちょっと待て」

龍馬の口を抑えて立ち上がった小龍は、筒状に丸めた紙を手にして戻ってきた。筒を開くと、川島家で見慣れた世界地図が出てきた。

「川島家ご当主の許しを得て、わたしが模写させてもらったものだ」

広げた地図を挟み、龍馬と小龍が向かい合わせに座り直した。

龍馬はＪＡＰＡＮと記された国の上に人差し指を置いた。そして太平洋を横切り、アメリカの西海岸まで人差し指を走らせた。

「万次郎というひとは、この大きな海を渡ってアメリカに行ったのでしょう？」

龍馬は自分の理解が正しいか否かを小龍に確かめた。

「アメリカはその通りだが、そこは西部だ。万次郎が暮らしたのは反対側の東部だ」

小龍はアメリカ大陸の東側に自分の人差し指を置いた。

「それで龍馬、なぜ鎖国がよくないのだ？」

小龍はいつになく、厳しい口調で問い質（ただ）した。

龍馬が思わず固唾（かたず）を呑んだほどに、問い質した小龍の物言いは張り詰めていた。

六

冬の日暮れは足早である。

まだ七ツ（午後四時）だと思っていたら、たちまち七ツ半（午後五時）に近づいていたりするものだ。

秋の日はつるべ落としと言われている。

「冬の日の沈み方は、つるべ落としどころではありません」

天神橋を目指して早足を続けている龍馬は、足を止めず小龍に話しかけた。

「天神橋からしゅーぴん（水への飛び込み）するばあ早いですきに」

気を昂(たか)ぶらせているときの龍馬は、相手かまわず土佐弁が出た。

「巧い言い回しだ、龍馬」

小龍も早足を続けながら、落ち着いた口調で応じた。

つい先刻まで、小龍と龍馬は新屋敷の居室で向かい合っていた。なのにいまはふたり揃って早足で、天神橋に向かっていた。

鏡川に架けられた天神橋は、藩主山内家が筆山(ひつざん)への墓参に向かうために架橋した大橋である。

豪華な造りの御座船（藩主の公用船）でも下を潜(くぐ)れるように、天神橋の中央部は川面から三丈（約九メートル）の高さがあった。

「橋の上に立って、夕陽が沈むのを見ながら話をさせてください」

龍馬の願いを聞き入れた小龍は、日没前に天神橋に行き着くべく、早足を続けていた。

「鎖国は間違っています」

龍馬がこれを口にしたことで、小龍は顔を引き締めた。そしてなぜ鎖国がわるいのかと質した。

龍馬は丹田に力を込めて小龍を見詰めた。兄のように慕っている相手だが、いまは言葉を発するには覚悟が入り用だったのだろう。

「あにやんも承知でしょうが、鏡川は五台山の下で浦戸湾につながっています」

龍馬は膝(ひざ)に載せた両手をこぶしに握った。

「その浦戸湾から、御畳瀬を出た先には太平洋が広がっています」

龍馬は鏡川と宇佐浦との間を、小舟で行き来していた。幸いにも晴天に恵まれたことで、真冬だというのに顔は潮焼けしていた。

「陸路で土佐藩から出るには関所を通ることになりますが、水には境目などありません。わたしはだれからも咎(とが)められずに宇佐浦まで出張り、網元の徳右衛門さんに会ってきました」

海には番所も関所もない。ゆえに土佐の漁師が獲物を追いかけて、他国の海にまで出張ることができた。

話しているうちに、気持ちが昂ぶってきたらしく、龍馬の声が次第に大きくなっていた。

「もう少し、話す声を低くしなさい」

小龍に窘(たしな)められた龍馬は、不作法にも膝をずらして間合いを詰めた。

「あにやん、もうじき日暮れでしょう」

龍馬の日焼けした顔が、見えにくくなっていた。陽が沈みかけているのだ。

「いまから天神橋の真ん中に立って、沈む夕陽を一緒に見てください」

話の続きは橋の上でさせてくださいと、小龍に願いを告げた。

「日暮れは近いぞ」

小龍は余計な問い質しをせず、即座に立ち上がった。胸に期するもののある龍馬の表情が、小龍に素早い動きを決めさせたのだろう。

深く一礼をした龍馬は先に居室を出て、小龍の身支度を待った。


師走もすでに半ばである。空に天道のある昼間は暖かく感じても、日没間近ともなれば凍えがのさばり始めた。

ましてや吹き渡る風は、まぎれもなき木枯らしである。夕暮れどきの通りを行き交うおとなは、綿入れの胸元を閉じ合わせていた。

しかしこどもは違った。

龍馬が足を急がせているのは、鏡川の土手につながる坂道だ。土手の高さは一丈半（約四・五メートル）あり、いささかきつい上りである。

土手のてっぺんから坂下に向けて、三人のこどもが向かってきていた。着ているのは三人とも丈の短い木綿物一枚だけ。

散々に河原の原っぱで遊びまくったあとらしく、木綿の裾(すそ)には土埃(つちぼこり)や枯草の切れっ端がくっついていた。

履物はわらじで、素足だ。

「今度は向こうの辻(つじ)まで走るぜよ」

背の高い子がいきなり駆けだした。

あとに続く二人も負けてたまるかとばかり、全力で追い始めた。

坂を登っていた龍馬と小龍は、こどもたちを避けて左に寄った。

先頭を駆けていた子が足をもつれさせて、龍馬の手前で顔から転んだ。

龍馬はその場に立ち止まった。駆け寄って声をかけるのは、転んだ子の誇りを傷つける気がしたからだ。

まさに図星だった。あとに続いていた二人が、転んだ子に駆け寄ったのだが。

「なんちゃあないき！」

大声を発して立ち上がった子は、着ていた木綿の結び紐(ひも)をほどいた。そして木枯らしが吹き抜けている坂道で裸をさらした。

キリリと締まったふんどしは、薄暗くなった坂道でも真っ白に見えた。

「前がほどけて足に邪魔して転んだき、これはもう着んと走る」

脱いだ木綿を手に巻き付けて駆けだした。

二人がその子を追いかけ始める。

先を行く子のふんどしの白さを、龍馬は見詰めた。こどもたちが辻を曲がったところで、龍馬はまた坂道を登り始めた。

天神橋の南北両端には、土佐藩奉公人が詰めている橋番小屋があった。

土地の住人たちも、天神橋を使うことはできた。が、本来は藩主が墓参に向かうための橋である。

不審者が橋に不埒(ふらち)な真似(まね)をせぬように、明け六ツ(午前六時)から夜の四ツ(午後十時)まで橋番が詰めていた。

龍馬が小屋に差し掛かったときには、夕陽の四分の三がすでに沈んでいた。

赤味を帯びた光が橋番の顔を照らしている。

「橋の真ん中から川にしゅーびんしたち、構わんがですか?」

問われた橋番は龍馬に顔を寄せてきた。

乏しい夕陽を浴びた橋番の顔には、正気かという色が浮かんでいた。

天神橋の真ん中から鏡川に飛び込むのは、武家の子弟には夏の通過儀礼とされていた。

橋から川面に飛び込むことが、一人前の男児のあかしだった。

藩でも飛び込みは禁じていなかった。

しかしいまは真冬で、しかも日暮れの直前である。川の真ん中から飛び込んだりすれば、岸辺までざっと四十尋(約六十メートル)を泳ぐことになる。

寒中水練というには長すぎた。

「やれるがやったら、やってみぃ」

橋番はあごを突き出した。龍馬の言い分をまるで信じてはいなかった。

龍馬は一礼をして橋番から離れた。

ドンッ！

右手に握った六尺棒を、橋番は橋板に叩きつけた。

龍馬の日焼け顔が、脂でも塗ったかのように光っていた。沈む直前の夕陽が、思いっきり照らしているからだ。

橋の真ん中で立ち止まった龍馬は着衣を脱ぎ、さらしのふんどし一本になった。

「川も海も、ひとは存分に行き来することができるはずです」

龍馬は小龍の目を見詰めて話し始めた。

「海には関所がないからこそ、宇佐浦の万次郎さんはアメリカにまで行けました」

船で戻ってこられたのも、海には境目などないからだと語調を強めた。

橋番は六尺棒を握ったまま、龍馬を見ていた。が、近寄ってくる気配はなかった。

声の大きさを気にせず、龍馬は話を続けた。

「今し方、土手の坂道を駆け下りてきた子は、着衣にまとわりつかれて転びました」

龍馬は深呼吸をした。分厚い胸板が膨らみ、そして元に戻った。

「海に境目を設けたり、鎖国をしたりするのは、走る身体に着衣をまとわりつかせるも同然の愚挙です。外国はそんなバカなことをしていないからこそ、だれもが自在にあの大きな海を行き来していたのです」

龍馬は着衣を小龍に託した。

「日本の鎖国は、土佐の筆之丞・五右衛門・万次郎の三人が取り去ってくれると信じています」

言い終えた龍馬は、欄干の上に立った。

両手を沈んだ夕陽に向けて突きだし、勢いを込めて飛び込んだ。

橋番は小屋の前の欄干に駆け寄った。ほんとうにやったのかと、目には敬いの色が見えた。

鎖国を破るしゅーびんたれ！

水音を聞きながら、小龍はこれを念じていた。

七

まだ分家も独立もせずに、親や嫡男と一緒に暮らしている次男以下の男を「部屋住み」という。

親の身分を継げるのは、よほどの事情がない限り嫡男に限られていた。

家督を継いだ嫡男がいながら、龍馬のように次男の当人まで藩から御用を言いつかっている者は希な存在である。

大半の部屋住みは格別にすることもなく、無為な日々を送っていた。

藩から禄をもらうわけではない。

実入りはほぼ皆無の素寒貧ゆえ、カネのかかる遊び場所にも行けない。

有り余っているのはひまばかりである。そんな部屋住み連中の目には、龍馬は常から眩く輝いて見えていた。

なによりも龍馬は毛並みがよかった。

上町の才谷屋といえば、土佐藩重役が年始あいさつに出向くほどの両替商である。龍馬はその才谷屋を親戚筋としていた。

部屋住みならずとも、郷士身分では店に入ることすらはばかられる才谷屋だ。そんな敷居の高い両替屋に、龍馬は木戸御免で出入りをしている。

「才谷屋が後ろについていれば、生涯カネに不自由することはないだろう」

懐の寒い若者には、才谷屋が親戚筋というだけで眩く感じられた。

さりとて龍馬は同輩の前で、ぞんざいな金遣いを見せることはなかった。むしろ逆である。人前で大金を遣ったりせぬように、龍馬は心がけていた。

坂本家の家風は他の郷士同様、質素を旨としていたからだ。

しかしながら。

「あれだけの上背があれば、さぞ世の中を広く見渡すことができるだろう」

「大柄な身体つきだからこそ、龍馬さんはなにを持っても見栄えがする」

胸を張り、大股で往来を行き来する龍馬の姿に、若者は憧(あこが)れを感じていた。

次男ながら着流しでは町を歩かない。きちんと袴を穿(は)き、履き物にも根付けなどの持ち物にも気を遣っている。

部屋住みたちは袴穿きの町歩き姿を「龍馬拵え」と呼んでいた。

天神橋から鏡川に飛び込んだことは、小龍も龍馬もひとことも他言はしなかった。

なにしろ御座船が舫われていた鏡川に飛び込んだのだ。次男身分の当人に留まらず、家長にも咎めが及ぶかもしれぬと案じたからだ。

沈黙が幸いしたのか、藩から叱責を受けることにはならなかった。しかし橋番の口は堅くはなかった。

「あの龍馬さんが真冬のど真ん中やと言うがやに、天神橋からしゅーびんしたらしい」

「おれも聞いた」

「橋番が見ちょったがにかあらんがやに、龍馬さんを止めれざったらしい」

部屋住みたちの間に、このうわさが一気に広まった。

「さすがは龍馬さんぜよ」

「今晩は田中屋に集まって祝い酒をやろう」

他にすることのない部屋住み連中だ。酒を呑む話は即座にまとまった。

とはいえカネはない。ひとり二百文で一合徳利二本と小鉢三つが楽しめる鉄砲町の田中屋は、部屋住みの溜まり場だった。

面々が集まったのは師走の十九日である。職人に手間賃が支払われるのは、一日・十一日・二十一日の旬日が大半だ。

十九日は旬日前で、田中屋常連客の職人はほとんどいなかった。

集まった若者は八人で、いつもより人数が多かった。それほどに、龍馬の飛び込みは部屋住みたちのこころを捉えていたのだろう。

呑み会の幹事役は最年長の田所研介だ。季節を問わず濃紺の井桁絣（いげたがすり）を着ていることで、「井桁のあにやん」が愛称だった。

「今晩は他のお客がおらんき、奥の囲炉裏部屋をつこうても構んぜよ」

親爺（おやじ）の許しを得た面々は、全員が履き物を脱いで囲炉裏部屋に納まった。

いつもならカネを遣う常連客で埋まっており、部屋住みの入れる部屋ではなかった。初めて囲炉裏を囲んだことで、若者たちは気持ちを弾ませた。

勢い、龍馬を称える声も大きくなった。

「ふんどし一本で飛び込んだあとは、すいすいと御座船の近くまで泳いだらしい」

「船の番人も、さぞびっくりしたんだろう。川から上がった龍馬さんに、誰何もしなかったそうだ」

まだ酒の入る前の若者たちは、武家言葉で話を進めた。

「やっぱり龍馬さんは並の者とは違う」

田所は仲間を順に見回した。

「おまえたちだって、龍馬さんがここで見せてくれたあのことは、いまでも忘れられないだろうが」

例によって井桁柄の長着を着ている田所は、龍馬が示したあの一件を振り返り始めた。

一年前の晩秋の夜。いつもの田中屋での呑み会の場で、幹事役の田所が割り前を集め始めたときのことだ。

その夜は龍馬も仲間に加わっていた。

憧れの龍馬が参加すると聞き、人数が大きく膨れあがった。

「奥の座敷をつこうてくれてもええ」

宴席に遣う十畳間を親爺は供した。

呑み会は大きな卓を取り囲み、龍馬のほかに十一人の若者が座していた。

「ひとり二百文です」

田所から告げられた龍馬は、羽織と共布で拵えた紙入れをたもとから取り出した。紙入れの重さでたもとが無様に垂れぬよう、薄く拵えてあった。

龍馬は割り前に銭ではなく、小粒銀を充てようとした。一粒で八十三文相当ゆえ、銀三粒を取り出した。

「あまりは勘定の足しにしてくれ」

銀を取り出したあとの紙入れを、龍馬は卓に置いた。

樫の卓がコトンッと音を立てた。

「龍馬さん、その変わった色をしちゅう根付はなんですか?」

紙入れには根付が結わえられていた。透き通った藍色の根付で、城下では見たことのない色味だった。

土佐は珊瑚が特産である。男女を問わず、根付には珊瑚が好まれていた。

朱色が基調だが、色味は微妙に異なる。

金赤と呼ばれる燃え立つような色味の珊瑚は、一匁で三百文は下らないとされていた。

金赤の一寸玉かんざしともなれば、珊瑚だけで二両はする特級品である。

珊瑚細工を持つ者は朱色・紅色の美しさを競い合っていた。

そんな高知城下にあって、龍馬は珊瑚色とは無縁の透き通った藍色の根付を紙入れに結わえていた。

「仁井田の叔父からもろうたがやけんど、ヨーロッパから伝わってきた石らしい」

肩の凝らない、若者だけの呑み会である。酒が始まったあとの龍馬は土佐弁で会話を楽しんでいた。

「触らせてもろうたち構わんがですか？」

若者のひとりが目を輝かせて問いかけた。

「なんちゃあ構わんぜよ」

手渡そうとして、龍馬は紙入れを卓から取り上げた。持ち方がわるく、紙入れの口が下を向いてしまった。

ジャラジャラッ。

中身が卓にこぼれ落ちた。

銭は一枚もなく、小粒銀・一朱銀・一分金などの金貨銀貨ばかりである。

「うおっ」

若者から声が漏れた。

小遣いの乏しい面々には、小粒銀一粒でも大金である。龍馬の紙入れから滑り落ちたカネは、金銀あわせて三両を超えていた。

「いらんもんを見せてしもうた」

龍馬は大きな身体を小さくした。

「不作法を許してつかあさい」

卓に両手をついた龍馬は、年下の者に向かって詫びを言った。

五尺七寸（約百七十三センチ）もある龍馬が、身体を小さくするとともに正味で詫びた。

不作法を許してほしいと詫びられたほうが面食らった。

龍馬は不始末をしでかしたわけではない。

紙入れの中身をこぼしただけである。

ひとによっては詫びるどころか、中身の豊かさに自慢げな顔を示したかもしれない。

年長者の見事な振舞いに接した若者たちはこの一事をきっかけとして、さらに龍馬への思慕の念を深くした。

「おまさんらあ、今晩も二百文ずつかえ？」

龍馬の思い返しが一段落ついたところに、田中屋の親爺が寄ってきた。

「分かりきっちゅうことを訊くなや」

田所が口を尖らせた。

「囲炉裏を囲んでええ気分で呑みゆうときに、水ぶっかけたりすなや」

まだひとり二百文分は呑んでないだろうにと、赤帯の若者吉田が親爺に詰め寄った。

「カネのことを言いにきたがやない」

答えた口調は強かったが、親爺は目元をゆるめていた。

「さっきから、おまさんらあ、龍馬さんのしゅーびんをえらい喜んじゅうように聞こえたけんど、そうかね？」

「そうかねもないろう。わしらがどればあ喜んじゅうか、聞いて分からんがかよ」

吉田は親爺に向かってあごを突き出した。

親爺は目の前の若者は相手にせず、いつも幹事役を務めてきた田所を見た。

「おまさんらあの勘定は、今日はわしの奢りにする」

周りの客に聞こえないように、親爺は田所に耳打ちをした。

しかし今夜は他の客はいない。

「耳元で言われたら、こそばい（くすぐったい）きに」

大きな声で、みなに聞こえるように言ってくれと田所は注文をつけた。

今夜は他の客がいないことに、親爺も思い当たったらしい。

「勘定がどうやこうや言わんと、足るばあ呑んでかまんきに。今夜はわしの奢りぜよ」

親爺も真冬の天神橋から飛び込んだ龍馬の快挙を、よくぞやったりと喜んでいた。

「えらい豪気やいか」

「ここの親爺を見直したぜよ」

部屋住みたちが声をあげて喜んだ。

「その代わり運ぶがはわしやのうて、おまさんらあが取りにきてくれ」

言い終えた親爺が下がるとき、すでに若者三人が後ろに従っていた。

奢ると言い切った親爺は、振る舞う酒を惜しまなかった。

部屋住みには高くて手が出せず、樽から漂い出る香りを貪（むさぼ）っていた佐川（さがわ）村の銘酒・司牡丹（つかさぼたん）。

親爺はこの酒を限りをつけずに振る舞った。

「なんぼ奢りやと言われたち、呑み方は加減せんといかん」

「卑しい呑み方をして、龍馬さんの名を辱めたらいかんぜよ」

ただ酒と言われたがこそ、部屋住みたちは節度を保ち、ひとり徳利一合の司牡丹を味わった。

田中屋を出た先の夜空には、まだ欠け方の少ない大きな月が浮かんでいた。

第五章　漂流民の帰国

一

嘉永五（一八五二）年七月五日、五ツ（午後八時）前。龍馬は提灯（ちょうちん）も持たず、小龍宅へと足を急がせていた。

土佐藩から御用を戴く身分となって以来、小龍は師の許しを得て新屋敷に小さな住居を構えていた。

敷地七十坪の小さな住居だが、冠木門（かぶきもん）も構えた本寸法の武家住居だ。

独り身の小龍は下男と賄い女をひとりずつ雇い入れている。

この日、まだ暑さが地べたにへばりついている夕刻七ツ半（午後五時）どきに……。

「ごめんつかあさい」

濃紺の縞柄（しまがら）を着た武家奉公人風の男が、坂本家の玄関に立った。

応対に出た女中に、男は河田小龍の下男だと名乗り、龍馬への取り次ぎを頼んだ。

龍馬は廊下を鳴らして出てきた。

小龍宅で何度も顔を合わせている下男の勺助（しゃくすけ）が立っていた。

「五ツに来てくれんかのうと、旦那様から言付かってきましたけんど、どうですろう?」

「もちろん行きます」

龍馬は即座に答えた。

「ほいたら、よろしゅうに」

深い辞儀を見せた勺助は、急ぎ足で坂本家をあとにした。一刻も早く、小龍に返事を届けんがためだろう。

勺助に即答したときから、龍馬は気持ちを昂ぶらせていた。待ちかねていた小龍からの呼び出しだったからだ。

夕餉を済ませた龍馬は、坂本家当主の兄に夜間外出の許しを求めた。

小龍宅からの使いが龍馬を訪ねてきたことは、すでに聞かされていた。

「帰りが四ツ（午後十時）を過ぎるようであれば、小龍屋敷に泊めてもらいなさい」

兄は訪問の手土産を用意させていた。小龍の大好物、大橋通の菓子舗『中納言』の練り羊羹一棹である。

小龍が訪ねてきたときには、かならずこの練り羊羹を菓子として供していた。

兄の心遣いに礼を言い、龍馬は五ツの四半刻（三十分）前に上町を出た。手には竹皮に包んだ羊羹を提げていたが、提灯は持たなかった。

両手がふさがっては不用心だからだ。

空には天の川が横たわっていたが、七月五日の月はまだ若い。夜の地べたを照らす明かりは空にはなかった。

とはいえ夏の夜である。

町人が多く暮らす町であれば、路地にはまだひとの賑(にぎ)わいが残っている刻限だ。寝苦しさから逃げようとして、縁台に集う者が路地を埋めているからだ。

龍馬が向かっている先は武家町、新屋敷である。上級武士の暮らす町ではない。が、大半の住居が築地塀(ついじべい)に囲まれた屋敷である。

五ツどきの新屋敷からは、町の物音が消えていた。

足下を照らす提灯なしでは、暗い武家町は歩くのも難儀だ。ところが龍馬はずんずんと歩いていた。

龍馬の澄んだ双眸(そうぼう)は、月明かりのない道をも見通せていたのだろう。

小龍宅に着いた龍馬は冠木門を潜り、玄関からおとないの声を入れた。

下男の勺助も雇っている小龍だ。来客には下男が応対に出るのが作法である。

が、今夜の来客は龍馬に決まっていた。

小龍は勺助を従えて、みずから玄関まで出てきた。小龍も龍馬の訪れを心待ちにしていたに違いない。

勺助はロウソクを灯(とも)した燭台(しょくだい)を手にしていた。暗い玄関の土間を照らすためだ。

勺助が手に持ったロウソクの明かりが、龍馬のいで立ちを照らし出した。

龍馬は提灯ではなく竹皮の手土産を提げていた。足は夏足袋も履かずに素足だ。

「いかにもおまえだ」

小龍が笑みを浮かべた。

夏の夜とはいえ、武家の夜間外出なのだ。

提灯も持たず、素足の龍馬が立っていた。作法にこだわらない姿を目にしたことで、思わず笑みを浮かべたようだ。

竹皮包みも目にとまったのかもしれない。

「すすぎは無用だな？」

小龍らしからぬ、砕けた物言いで問うた。

龍馬は大きなうなずきで応(こた)えた。

「そのまま上がりなさい」

言い置いた小龍は、下男をその場に残して先に居室に戻って行った。

履物を脱いだ龍馬は勺助の案内で小龍の居室へと向かった。


「去る五月二十六日に堀部大四朗様ご一行五名が、長崎奉行所に向けて海路ご出発なされた」

藩の少数の者しか知らない旅立ちだったと、小龍は付け加えた。

龍馬は神妙な顔でうなずいた。この一件を聞かされたのは、いまが初めてだった。

龍馬と向き合うなり、小龍は茶が供されるのも待たずに先を続けた。

「おまえも堀部様のお名は、耳にしたことがあるだろう」

「お名前だけは存じています」

龍馬が静かに答えたとき、賄い女中が茶菓を運んできた。龍馬が提げてきた羊羹が分厚く切られて菓子皿に盛られていた。

「堀部様は長崎奉行所にて、このたびの我が国への不法侵入者三名の身柄を引き取られるとの話だった」

黒文字で羊羹を口に運んだあと、小龍は茶で喉（のど）に流し込んだ。そののちに膝元（ひざもと）に置いた文箱（ふばこ）から半紙を取り出して手に持った。

「すでにおまえにも聞かせた通り、宇佐浦の漁船徳右衛門丸の船頭であった筆之丞、同船頭の弟五右衛門、同船のかしき万次郎が、その侵入者三名だ」

半紙を文箱に戻した小龍は、龍馬に目を向けた。居室の障子戸はすべて開かれている。流れてきた風を浴びて、ロウソクの明かりがゆらりと揺れた。

御城から屋敷に戻ったあとも役目柄の絵を描いている小龍である。高価なロウソクだが惜しまずに使っている。

いま居室の明かりは太めの五十匁（もんめ）ロウソクで、芯（しん）が太くて炎が大きい。

風を浴びると炎が揺れた。

「おまえは長崎奉行がどういう役目であるのかに通じているか？」

「遠国（おんごく）奉行の筆頭であると聞いた覚えがありますが、通じてはいません」

詳しくは知らないと正直に答えた。

「長崎奉行は老中支配という位置づけで、江戸の旗本が就任するのが決まりだ」

小龍は一語ずつ嚙み砕くような話し方をした。龍馬に呑み込ませるためなのだろう。

「旗本諸家には喉から手が出るほどに欲しい大事な役職だ」

長崎奉行。奉行職に就くための猟官運動も江戸では凄まじいらしい……小龍は長崎奉行とはなにかのあらましを話し始めた。

「長崎奉行職は二人制で、江戸と長崎の任地は一年交替で入れ替わる」

茶で口を湿した小龍は、説明をゆっくりとした口調で続けた。

長崎奉行就任に際しては、江戸城にて将軍拝謁の栄誉が与えられた。

しかし遠国奉行の序列にあっては、奉行職が制定された当初は芙蓉の間末席と定められていた。

京都奉行より上席と位置づけられたのは、元禄十六（一七〇三）年である。この年から芙蓉の間では首座に座ることになった。

当初の身分が低かったのは、長崎奉行という地位の持つ特異性に理由があった。

長崎奉行は外国人商人を差配・監督するのが大きな役目である。

「この奉行職に上級の者を据えたとあれば、外国人商人ごときに公儀が敬意を抱いておると見られかねない」

老中はこの理屈に従い、長崎奉行の地位を低きに止めていた。そして諸国大名はあてず、旗本の中から任命した。

下級官吏が差配するからこそ、外国人商人の身分も当然低く卑しい位置に留めておけると公儀は考えていた。

オランダとの交易が盛んになるにつれて、奉行の権限は大きくなった。奉行が手にする各種権益は膨大なものである。

長崎での任期は一年交替だ。その職を得るために、旗本は三千両の猟官運動費用を投ずるとされていた。

「長崎奉行は、短い任期中に不祥事が起こらぬようにと、ひたすら安泰を願うそうだ」

小龍の口調がわずかに尖(とが)っていた。龍馬は背筋を張って聞いていた。

「そんな奉行にしてみれば、アメリカからの侵入者は邪魔者でしかない」

言い切ったとき、強い風が流れ込んできた。部屋の明かりが消えた。

二

真夏の宵に生ずる強風は、しばらく吹き止まなかった。

障子戸を閉じれば風を遮ることはできる。しかし小龍は閉じようとはせず、むしろ明かりのない闇(やみ)の部屋を了としている様子だった。

龍馬も小龍に倣い、暗い部屋に座して目を閉じていた。

かれこれ四半刻（三十分）が過ぎたと思われる頃、不意に風が止まった。

閉じていた両目を開いた小龍は、火打ち石を叩いて行灯(あんどん)の芯に火を灯した。油皿を行灯から取り出したあと、カラカラに乾かしたイグサに火を燃え移らせた。

炎を立てて燃えているイグサで、ロウソクに火を灯した。

畳の縁に使われた錦の模様まで見えるほどに、部屋が明るくなった。

「ときには闇のなかに座すのもいいものだ」

小龍は自分に言い聞かせるような物言いをした。

「闇にいてさらに目を閉じれば、岡目八目、見えていなかったことが鮮やかに見える」

言われた意味が巧く呑み込めず、龍馬は目を見開いて小龍を見た。

「ロウソクが消える直前まで、わたしたちは長崎奉行をわるく言っていた」

それは大きな誤りだったと、小龍は自分が口にしたことを戒めた。

元の座に戻ったあと、文机に置いてあった文箱を開いた。吉田東洋から写しを取ることを許された事柄を書き写した帳面である。

このたびの傳蔵（筆之丞）たち三人の不法入国の顚末は、薩摩藩と長崎奉行所が仔細な日誌を書き起こしていた。

小龍はそれらの日誌の写しを精読し、必要と思われる箇所を書き留めていた。

「薩摩藩鹿児島湊を傳蔵・五右衛門・万次郎の三人が発ったのは去年（嘉永四年）十月十二日のことだ」

小龍は期日を帳面で確かめていた。

「鹿児島湊の船出から十一日後の十月二十三日に、一行は長崎奉行所の揚屋に押し込められている」

帳面から顔を上げた小龍は去年と今年の暦を広げた。

「入牢は去年の十月二十三日で、土佐藩への帰国を許され揚屋から出られたのは、今年の六月二十四日だ」

その間じつに八カ月の長きにわたり、三人は揚屋に押し込められたままだった……小龍は広げた暦を指でなぞり、三人が揚屋に押し込められていた日々の長さを龍馬に示した。

「まっこと長い日々ですね」

龍馬も心底、長いと感じたようだった。

「琉球から送られてきた三人を最初に受け入れたのは薩摩藩だ」

「あの島津斉彬様が治めておいでの藩ですね」

龍馬は島津斉彬の名を知っていた。

諸外国の事情に通じた進歩的な藩主。

仁井田の叔父（ヨーロッパおんちゃん）から龍馬は、何十回も斉彬の名を聞かされていた。

小さくうなずいた小龍は、薩摩藩がいかに三人を厚遇したかに話を進めた。

「薩摩藩逗留は四十八日間とされている。その間、斉彬様は何度も三人と言葉を交わしておられた」

なかでもアメリカに居住し、捕鯨船で世界の海を何度も回っていた万次郎には、格別の興味を抱いていた。

「斉彬様からのご下問に、万次郎は淀みのない返答を繰り返したそうだ」

斉彬から問いを発せられた万次郎は、小龍より四歳年下の二十四歳だった。若き万次郎を、斉彬は言葉を惜しまずに褒め称えた。

「しかも斉彬様は万次郎に、このうえなき大事な戒めを下さっておられた」

「どんな戒めですか?」

早く知りたい龍馬は、小龍がまだ話している途中で声を発した。

「帰国に関する知恵を授けられたのだ」

龍馬の非礼を咎めず、小龍は答えを教えた。

「薩摩藩を出たあとの三人には……わけてもアメリカで何年も暮らしていた万次郎には、長崎奉行の厳しい詮議が待っていることを、斉彬様はお分かりだった」

分かっているがゆえに、斉彬は万次郎に対して何度も戒めを口にしていた。


アメリカに暮らし、アメリカの品々を持ち帰ってきた万次郎は、奉行が手柄を挙げるための格好の標的だった。

藩で身柄を預かった四十八日間を通じて、斉彬は万次郎の聡明さと率直さ、そして危険を承知で立ち向かって行こうとする剛胆さを肌身で実感していた。

それゆえに深く案じた。

「間違っても、日本を開国させるために戻ってきたなどと言ってはならぬ」

斉彬はきつく釘を刺した。

「奉行は何度でもそのほうに帰国したわけを問い質すであろう。もしも異なる答えをしようものなら、命を失うことになりかねぬ」

何度問われても、母恋しさゆえに危うさを顧みずに帰国を決行した……この一点で押し通すようにと万次郎に知恵を授けた。

斉彬は知恵を授けるに留まらず、長崎奉行牧志摩守（まきしまのかみ）に宛（あ）てて書状をしたためていた。

「万次郎なる者、邪宗など一切なきことに加えて大きに覇気あり。かならずや将来、御国のために役立つに違いなき人材である。奉行におかれては、呉々（くれぐれ）も粗末に扱われることなきように」

差し出がましきを承知のうえで、斉彬は長崎奉行にこんな書状を差し出していた。

「斉彬様がここまで気持ちを込めた書状を差し出したにもかかわらず、牧志摩守様は一行を八カ月の長きにわたり揚屋に留めた」

なんという度量の小さき奉行であるかと、小龍は怒りを覚えた。

「しかしわたしのこの思い込みは、大きな誤りだった」

小龍はかつて龍馬に見せたことのない、自分を戒めるような目になっていた。

「つい今し方も言った通り、わたしは明かりの消えた闇のなかで目を閉じて考えを巡らせた。そのなかで、長崎奉行は三人の行く末を思ったればこそ、八カ月もの間、揚屋に留置したのではないかと思えたのだ」

立ち上がった小龍は、みずからの手でロウソクの芯を摘んだ。

部屋の明かりが消えて闇が戻ってきた。

「いまは真夏の五ツ半（午後九時）どきだ。諸肌脱いでも汗ばむような蒸し暑さが居座っており、周りの闇は深い」

ロウソクの明かりに慣れていた龍馬の目は、闇に溶けた小龍を見られずにいた。

「この闇に乗じて、我が国の沿岸には多数の異国船が押し寄せてきている」

大洋を渡ってきたどの船も、公儀や諸藩の監視船をはるかに超える大型船だ。追い払おうとしても、真正面からは太刀打ちできないと、小龍は船の違いを説いた。

「戦闘装備を満載した外国船が、いつ我が国に開国せよと迫ってくるかと、御公儀はそれを案じておいでだ」

小龍は師・吉田東洋から多くの事例を聞かされている。龍馬に話しても障りのない事柄を選び、分かりやすい言葉で説いていた。

「我が土佐藩藩主の容堂様も、薩摩の島津斉彬様も、ともに進歩派として御公儀は捉えておられる」

声高に開国を発言することこそないが、斉彬も容堂も目は海の向こうに向いているのは明らかだった。

「万次郎たち三人は斉彬様から厚遇されて長崎奉行所に護送された。奉行の吟味を終えたのちにもしも帰国が許されるならば、それは万次郎たちの在所、土佐国だ」

明かりの消えた部屋で、小龍は話の途中で言葉を止めた。

龍馬は暗がりに溶け込んだ小龍を見詰めながら、あとの言葉を待った。

「土佐藩は容堂様が治めておいでだ」

暗いなかで、龍馬が考えを巡らせる時を与えようとして、小龍はまた話を止めた。

ゆっくりと三百まで数え終えたところで、小龍は立ち上がった。そして再び行灯を灯し、芯の炎をイグサに燃え移らせてからロウソクを灯した。

「おまえがもしも幕閣に座を連ねていたとしたら、万次郎たちをいかに処断するかを聞かせてくれ」

明るくなった部屋で、小龍は龍馬の考えやいかにと問うた。

龍馬は居住まいを正してから口を開いた。

「外国の事情に通じている三人は、鎖国を続ける御公儀には厄介きわまりない人物です」

御用船で三人を江戸に護送させたうえ、小伝馬町（牢屋）に押し込むように指図をするでしょうと答えた。

「おまえのその考えは、間違いなく一部の幕閣の考えでもあったはずだ」

小龍は龍馬の考えを了とした。

「しかし龍馬、そんなことになったら三人は生涯、小伝馬町から生きては出られなくなる」

小龍の指摘に龍馬は深くうなずいた。

ひと息をおいてから、小龍は自分の考えを話し始めた。

「長崎奉行の牧志摩守様は、そんな幕閣を説き伏せるために八カ月もの長きにわたり、三人を揚屋に留置し続けられた……そうに違いないと、いまのわたしは確信している」

小龍の物言いには、揺らぎがなかった。

長崎奉行の職に就きたい旗本は、江戸にごまんといた。牧志摩守もそのひとりである。

嘉永三（一八五〇）年に長崎奉行を拝命した牧は、江戸詰めののち、翌嘉永四年に長崎に着任した。

牧が長崎奉行職を強く望んだのは、彼の地の持つ「船来文化の魅力」に惹かれたからだ。

着任後の牧は、精力的に長崎各地を視察して回った。そして日本にはない異国の文明機器、絵画陶芸などの芸術品・工芸品を目の当たりにした。

オランダ商館にも出向き、館長とも通事を介して歓談した。が、それらはすべて、異国人が語る話を聞いただけだった。

薩摩藩から護送されてきた万次郎たち三人は、まぎれもなき同胞だった。

その三人から聴取した外国の話から、牧は大きな感銘を受けた。

自分よりも年下の土佐の若者が、外国人に混じって世界の海を航海していた。そして世界各地の文化・風俗を吸収していた。

島津斉彬の書状にあった通り、将来の日本にはかならず役立つ貴重な人材であると、牧は実感した。

公儀幕閣はしかし、三人を咎人と決めつけていた。

「本格的な取り調べは江戸にて行う」

大まかな事情を聞き取ったのちは、江戸に護送するようにとの指示が届けられた。

江戸に送られたのちは、三人とも生きて揚屋から出ることはできない……牧は直ちに奉行としての見解を江戸に送った。

三人にはいささかの邪宗信仰もない。それを奉行が確信できるまで、長崎奉行所揚屋にて留置を続けることとする。

投獄されるを承知で帰国したのは、ただただ母親恋しの想いあってのことである。

外国にて見聞したことは一言たりとも口外はさせない。

在所に戻したあとは、土佐藩に監視を申しつけて自宅に蟄居(ちっきょ)させる。

母親を慕う孝行心に免じ、寛大な処置をお願いしたい。

牧はおのれの職責を賭(と)して、幕閣に三人の江戸護送を翻意させた。

「長崎奉行様の温情あってこそ、三人は土佐への帰国を許されたのだと、わたしは確信している」

立ち上がり、濡れ縁に出た小龍は、長崎の方角に向かって深く辞儀をした。

後ろに立つ龍馬は、三人が土佐藩に戻った日の大騒ぎを思い描いた。

その日はおとなもこどもも、追手門前に群れをなすだろう……。

龍馬は早くも、帰国の日の訪れを待ち焦がれ始めていた。

三

長崎奉行所で八カ月もの長き取り調べを受けたのは、土佐の漂流民三人である。

いずれも宇佐浦の網元徳右衛門配下の漁師で、筆之丞・五右衛門・万次郎の三名だった。

天保十二（一八四二）年一月、すでに十一年の昔のことになるが。

宇佐浦から出漁した漁船徳右衛門丸に乗っていたのは船頭筆之丞以下の五名だ。嵐に遭遇し、鳥島まで流された。

無人島で暮らしていたなかで、米国捕鯨船ジョン・ハウランド号に救助された。

筆之丞・重助・五右衛門・寅右衛門の四人はハワイに残った。

万次郎ひとりが捕鯨船に乗り、帰国の資金を稼ぐことになった。が、捕鯨船の実入りだけでは足りず、万次郎は米国西海岸で砂金採りまでしてカネを稼いだ。

ハワイに残っていた四人のうち、重助は病死した。寅右衛門は現地の女と所帯を構え、定住を決めた。

筆之丞・五右衛門・万次郎の三人が琉球経由の帰国を成し遂げた。

漂流時、最年少十四歳だった万次郎も、二十五歳になっていた。

諸国大名のなかで土佐藩藩主山内容堂は、進歩的な考え方を持つ若き藩主として知られていた。

嘉永五（一八五二）年の今年、容堂は万次郎の一歳上で二十六歳だった。

国元に在るときの容堂は三日に一度の頻度で吉田東洋から世界観の進講を受けていた。

容堂はその折、仁井田の下田屋が納入した巨大な地球儀を手元に置いていた。

土佐国は特異な地形を有していた。

四国四藩のなかで太平洋を占有するかの如くの、東西に広がる海岸線を持っていた。

「殿にはご賢察の通り、海は広く世界とつながっております」

吉田東洋の進講により、藩主の目は鎖国で閉ざされた日本の外に向けられていた。

長崎奉行所から放免される運びとなった三人とも、日本の外の実情を目の当たりにしていた。

いかに吉田東洋が博識であろうとも、持てる知識は書物および伝聞に基づくものだ。

実際に外地に暮らした者が見聞した仔細は別格である。

「余と歳（とし）の近い万次郎なる者は、幾たびも世界の海を渡ったと申しておるやに聞く」

鷹揚を旨とする藩主らしからぬ口調で、容堂は吉田東洋に話しかけた。

「三名は咎人にあらず」

進講に陪席した重役に、容堂は目を移した。

「土佐までの道中は、扱いを気遣うように」

「御意のままに」

重役は藩主の下命を胸に刻みつけた。

「帰着あり次第、遅滞なく余のもとにその者らを差し向けよ」

容堂の強い意向は家老伝達として、引率藩士に伝えられた。

長崎を出た一行は、門司から本州に渡った。そして瀬戸内海を船で走ったのち、松山で上陸した。

長崎から土佐までは、千石船の行き来があった。仁井田の下田屋もこの航路を使い、品々を長崎から土佐まで廻漕していた。

しかし外洋航路は天候に大きく左右される。荒天時には難破もめずらしくなかった。

あえて遠回りとなる瀬戸内海に向かったのは、道中安全を期してのことである。

引率藩士たちの行程を、小龍は東洋から聞かされていた。師の許しを得て、小龍は龍馬にその道程を聞かせた。

「用居口（もちい）を七月九日に通過したのち、十一日四ツ（午前十時）過ぎには本町通りを通る」

小龍がこれを教えたのは七月八日の夕暮れどきで、城を下がった帰り道である。

「なんと！」

龍馬は大きな手で膝（ひざ）を叩いた。

一行は本町大路を東に進んだのちに、追手門に向かうという。

本町通りは、御城につながる東西の大路だ。才谷屋から北にわずか半町（約五十五メートル）進んだ先が、その本町通りなのだ。

しかも本町二丁目の火の見やぐらは、才谷屋が普請していた。高さ二丈（約六メートル）の火の見やぐらに上れば、追手門に向かう二十人の隊列もつぶさに見られるだろう。

「殿におかれてはことのほか、漂流民三人への深い思いをお持ちであられるとのことだ」

高知城に迎え入れるに際しては、格段の便宜を図るようにと命じていた。

その下命のひとつが、本町大路の通行許可である。

万次郎たちは長崎奉行所においては、牢屋に押し込められていた。

公儀の敷く『鎖国令』に背いた罪人として扱われたからだ。

しかしこれは建前で、長崎奉行みずから三人とは親しく交わっていた。外国から持ち帰った珍品にも、奉行は大いに気をそそられていたようだ。

土佐藩主容堂は長崎奉行のように、建前を重んずることは無用だった。

三人は紛れもなき領民である。

たとえ藩が前例なき厚遇を示したとて、何ら障りはなかった。

本町通りの通行を許せば、大路の両側を領民が埋めることもできる。十重二十重の人垣を拵（こしら）えて三人を迎え入れれば、長崎奉行所の牢屋の垢も落ちるというものだ。

「二丁目の火の見やぐらは、万次郎さんたちをこの目で確かめるには、うってつけの場所です」

龍馬はもう一度、膝を叩いたあと、顔つきをあらためて小龍を見た。

「宇佐浦の徳右衛門さんには、この報せは届いているのでしょうか？」

「まだだ」

身請けのために徳右衛門が召し出されるのは、土佐藩の聞き取りが終わったあとだと、見込みを口にした。

「ならば、あにやん」

龍馬は上体を乗り出した。

「わたしから、十一日のことを報せてもかまいませんか?」

徳右衛門も火の見やぐらに上げてやりたいと龍馬は考えていた。

「十一日に本町大路を通ることは、すでにご城下のてきや衆には伝えられている」

徳右衛門に報せるのに障りはないと、小龍は請け合った。

「さぞかし網元は喜ぶことでしょう」

徳右衛門の破顔を、龍馬は思い描いていた。

四

嘉永五年七月十一日、四ツ前。

この年の処暑(暑さの仕舞いをいう二十四節気のひとつ)は、二日前に過ぎていた。

が、地べたに照りつける陽差しは強い。

七日も雨が降っていない高知城下は、どの道も芯まで乾いていた。

「冷やっこうてしょう甘い水が、一杯たったの二文ぜよ」

冷や水売りが声を張り上げると、隣の屋台の若い者も負けずに声を発した。

「噛(か)んだらこじゃんと甘いかんしょ(サトウキビ)はいらんかよ」

かんしょ売りの隣では、屋台一杯に酢飯の香りを漂わせていた。

「こんにゃくに包んだ山の寿司が、たったの四文じゃき」

堅くなった地べたには、杉で拵えた物売り屋台がずらりと並んでいる。売り子はどの屋台も、てきやの若い衆だ。

洗いざらしのふんどし一本で客を呼び込む姿は、処暑を過ぎた眺めではなかった。

「どこが、もう処暑過ぎぜよ」

「こんな陽を浴び続けよったら、三人を見るときは顔が焦げちゅうき」

大路の両側を埋めた群衆は、真夏を思わせる陽を浴びている。それでもだれひとり日陰に逃げようとしないのは、なんとしても万次郎たちを見たいからだろう。

地べたから二丈高い火の見やぐらの見張り台には徳右衛門と龍馬がいた。

「どうぞ、これをお使いください」

年配の徳右衛門を気遣い、龍馬は厚手の座布団まで用意していた。

「なにからなにまで、えらい気を遣わせてすまんことぞね」

徳右衛門が恐縮しながらも、出された座布団を敷こうとしたとき。

うおおっ。

西のほうでどよめきが上がった。

見張り台で立ち上がった龍馬は、声の方角に目を向けた。

武家が先導する隊列が、大路の真ん中を進んできていた。

「一行が来たようです」

龍馬の声で徳右衛門も立ち上がった。が、五尺少々の徳右衛門に見えたのは、先導する武家の姿だけだった。

「お武家さんしか見えけんど、筆之丞らあはおりますろうか？」

徳右衛門の問いに、龍馬は強くうなずいた。

大柄な龍馬には、何人もの武家の後ろに続いている三人も見えていた。

「間もなく見えますから」

龍馬の返事に合わせるかのように、群衆のどよめきが火の見やぐらに近寄ってきた。

「おっ！」

徳右衛門が短い声を発したときには、三人が見張り台に四半町（約二十七メートル）まで迫っていた。

「これがたまるかね！」

三人を目にした徳右衛門が、驚きの声を漏らした。

三人は横一列に並んで歩いていた。

筆之丞と五右衛門が両端で、万次郎が真ん中を歩いている。三人ともに大柄で、五尺六寸（約百七十センチ）はありそうだった。

徳右衛門が驚いたのは、真ん中に挟まれた万次郎の身なりを見てのことだ。

土佐では見たこともない、つばの大きな帽子をかぶっていた。

紅色と芥子(からし)色が市松模様になった、長袖の上着も初めて目にするものだ。

徳右衛門がなによりも驚いたのは、万次郎が穿いている両足が二本に分かれた軽衫袴(カルサンばかま)のようなものだった。

龍馬は仁井田の叔父の屋敷で、万次郎の穿いているのと似たものを目にしていた。叔父に勧められて、試しに穿いてもいた。

「あれはズボンです」

龍馬が教えた小声は、群衆の発する雄叫(おたけ)びに包み込まれてしまった。

隊列が進むにつれて、声が東へと移っていく。

さぞ大声を発したかったことだろう。

が、徳右衛門は込み上げる想いを我が身の内に押し込んだ。

固く口を閉じ合わせて、漏れそうになった声は呑(の)み込んだ。

両手で目をこすっていたのは、潤んだ目を抑えきれなくなっての仕草だった。

えらいことが起きそうだ……。

万次郎たちの身なりを見た龍馬は、気持ちの昂ぶりに内から押されたのだろう。

上体を細かく震わせていた。

五

徳右衛門の高知城下での定宿は外堀江ノ口川沿いの旅籠高砂(はたごたかさご)である。

七月十一日の暮れ六ツ（午後六時）過ぎに龍馬は高砂を訪れた。

「なんちゃあお礼はでききんけんど、高砂に寄ってつかあさいや」

本町筋を歩く筆之丞たち一行を、徳右衛門は才谷屋の火の見やぐらから見ることができた。その礼をしたい……徳右衛門から強く望まれての定宿訪問だった。

高砂の玄関に差し掛かる手前で、龍馬は江ノ口川を渡ってきた川風を浴びた。

つい肩をすぼめたほどに、風は冷えていた。

昼間、御城に向かう一行に照りつけた陽には、真夏同様の強さがあった。が、いかに南国土佐とて、すでに処暑を過ぎているのだ。

陽が落ちたあとは、夏から一足飛びに秋の気配が町を包んでいた。

「ようこそ来てくれましたのう」

高砂の玄関まで迎えに出てきた徳右衛門は、みずから先に立って客間に案内した。

鯉が泳ぐ池に面した六畳間を、徳右衛門は相客なしで使っていた。

「おまさんを迎えとうて、宿に無理を聞いてもらいましたき」

客間で向き合うなり、徳右衛門は座布団を勧めた。まだ十八の龍馬に接するには、破格の迎え方だろう。

しかし徳右衛門にしてみれば、確かな考えがあっての振舞いだった。

宇佐浦での徳右衛門は網元として、多くの漁民から慕われ敬われていた。とはいえ身分は庄屋でもなく町人に過ぎない。

自分よりも遥(はる)かに年下の若者ではあっても、龍馬は土佐藩の郷士である。

身分の違いは明らかだった。

しかも筆之丞たちの姿を見るために、火の見やぐらに上げてもらった恩義もあった。

本来ならば自分から御礼言上に向かわねばならぬところを、定宿まで呼び出したに等しいのだ。

相客なしの部屋に迎えて座布団を勧めるのは、徳右衛門には当然のことだった。

勧められた龍馬は龍馬で、長幼の序を厳しくしつけられていた。

向かい合わせに座るとき、龍馬は座布団を脇に外した。

徳右衛門はそれを重く受け止めた。

「龍馬さんは才谷屋さんの縁続きやと聞いちゅうけんど、まっことしつけも育ちも大したもんですのう」

年長者に接するときは、町人・郷士の身分にはかかわりなく、長幼の序を重んずる。

さすがは土佐藩の郷士だと、徳右衛門は思ったまま言葉を惜しまずに褒めた。

背筋を伸ばして徳右衛門の言い分を聞いている途中で、茶が運ばれてきた。美味(うま)そうな焦げ目のついたうるめが、膝元に置かれた丸盆に添えられていた。

龍馬の目が嬉しそうに見開かれた。

「生のうるめですね？」

うるめは傷みの早い魚である。冬場の干物でなら食べられても、海から離れた城下で生の焼きうるめは口にできにくい。

「昨日獲れたがで、ひいとい（一夜）干しやけんど、好きやったら食うてつかあさい」

「ありがとうございます」

きちんと礼を言った龍馬だが、箸(はし)はつけずに徳右衛門を見た。

「徳右衛門さんのいまさっきの口ぶりは、土佐藩を褒めているように聞こえました」

さすがは土佐藩の郷士だと、徳右衛門は龍馬を褒めた。その口ぶりの真意を問うたのだ。

「その通りやけんど、まずはうるめが冷めんうちに食うてもらわんと」

徳右衛門が強く箸を勧めた。

元々が干物大好きの龍馬である。口にしたことのないうるめの一夜干しは、願ってもない味覚である。

熱々にいれられた焙(ほう)じ茶を呑みつつ、二尾の一夜干しをぺろりと平らげた。

「味はどうですろう？」

徳右衛門は真っ直ぐな目で龍馬を見詰めている。箸を膝元の盆に戻した龍馬は、その目を見詰め返した。

「わざわざ宇佐浦から持ってこられたひいとい干しでしょうが、わたしは冬場に食べる干物のほうが好きです」

味も干物のほうが美味いと言い足した。

徳右衛門が得たりとばかりに破顔した。

「やっぱりおまさんは、肚(はら)のできた正直もんですのう」

龍馬の返答に、徳右衛門は正味で満足したようだった。

「いまの時季のうるめは、味がまだまだぬるい。それは漁師のわしらが一番分かっちゅうもんですらあ」

分かってはいても、城下への手土産には珍品として大喜びされる。ゆえに宇佐浦から持参した。龍馬は大事な来客である。宿の料理人に頼んで、ていねいに焼き上げてもらった。

龍馬は珍品に惑わされることなく、また徳右衛門への世辞も引っ込めて、きっぱりと干物のほうが美味いと答えた。

「いらんことに気を取られたりせんと、本物を見極める眼力を養うことが大事ぞね」

座り直した徳右衛門は、なぜ土佐藩を褒めたかを答え始めた。

「いまのうるめとおんなじで、土佐藩はひいとい干しにごまかされちゃあせん」

話しているうちに、徳右衛門の背筋も伸びていた。

「きちんとモノの善し悪しを見極めができちゅう。それが気に入ったがですらあ」

徳右衛門は声の調子を一段低くした。

客間にいるのは龍馬とふたりだけだ。茶とうるめを出したあとは、手が鳴らない限り近寄ることは無用だと宿にも告げていた。

が、どこに耳があるかは分からないのだ。微妙な話になるがゆえ、徳右衛門は声の調子を落としていた。

「御公儀が鎖国を敷いちゅうきに、海の向こうからもんてきた筆之丞、五右衛門、万次郎の三人は咎人扱いされゆうがじゃ」

小声になったと同時に、徳右衛門の物言いは網元口調になっている。若造の龍馬に敬語使いは引っ込んでいた。

「けんど、まっことのところあの三人はなんちゃあ悪いことはしちょらん」

しないどころか遭難から十一年が過ぎたいま、無事に生還するという偉業を成し遂げた。

「天保十二（一八四一）年に船出したとき、万次郎はまだ十四のかしき（炊事役）やった」

ところが本町筋を歩いていた万次郎は上背も伸び、見たこともない帽子をかぶり、堂々と大股で歩いていた。

筆之丞も五右衛門も堂々ぶりは同じだった。

達者に戻ってきた三人を、公儀は咎人と決めつけた。長崎では牢屋に押し込めていた。

しかし土佐藩は違った。

藩の役人を長崎まで差し向けた。

公儀に対しては咎人護送役の派遣としたが、実態は出迎え役だ。

高知城下に入る前夜は、藩の宿舎に泊めることまでした。

「藩がどればあ三人を大事に思うてくれちゅうかは、歩かせ方を見たらよう分かる」

徳右衛門は焙じ茶で口の動きを滑らかにして、話を続けた。

「駕籠（かご）に押し込んだりせんと、三人には本町筋を歩いて御城に向かわせてくれよった」

沿道を埋めた町人たちも熱い思いは胸に隠して、三人に手を振ってくれた。

「土佐藩の殿様は御公儀の建前はへちによせちょいて、しっかりとうちの三人を迎え入れてくれたがじゃ」

徳右衛門にしてみれば土佐に帰還した筆之丞、五右衛門、万次郎は我が宇佐浦の三人ということなのだ。

「漁師は海さえあったらどこでも行く。海にはどこっちゃあ、線引きはしちょらん」

海は限りなく広がっているがゆえに、三人はアメリカの捕鯨船に助けられた。

そして関所で止められることもなしに、土佐に戻ってくることができた。

「海を勝手にふさいで、入ってきたらいかん、出て行ったらいかんというがは、漁師に言わいたら理屈にあわんがやきにのう」

徳右衛門は小声で熱く語った。

龍馬はまさにその通りだと、深く得心しながら聞き入っていた。

六

徳右衛門と話し合った夜、龍馬はめずらしく寝付きがわるかった。

いつでも、どこででも、目を閉じれば直ちに眠りに落ちられるのが、龍馬の自慢だった。

「戦場にあっては、わずかの間でも熟睡できることが肝要だ」

眠れば疲れが失せて体力回復が図れるというのが、龍馬の剣術師匠の教えだった。

「おまえの寝付きのよさは、もはや武士の特技のひとつだ」

師から褒められてきた龍馬だが、七月十一日の夜は、日付が変わった真夜中過ぎでも目が冴えていた。

徳右衛門から聞かされた話が、あたまのなかを走り回っていたからだ。

「土佐は海辺にまで山が迫っちゅう国じゃ。山はひとつ越えたらもう隣の国じゃが、海にはなんちゃあ境目がない」

境目がなかったからこそ、筆之丞たち五人はアメリカという国の船に助けられた。

アメリカの船も、筆之丞たちと同じ海を境目もなしに航海していたからだ。

「漁師は魚とおんなじでのう。獲物を見つけたら、どこまででも船を走らせるもんじゃ」

日本という国は四方を海に囲まれていると、徳右衛門は口にした。

「室戸に遊びに行ったとき、鯨組の頭元に地図というもんを見せてもろうたことがある」

そのとき徳右衛門は、日本が海に取り囲まれているのを知ったそうだ。

龍馬は深くうなずいた。仁井田の下田屋で、龍馬も何度も地図を見ていた。

しかも龍馬は徳右衛門と違って、世界地図を見ることができていた。

境目なしにどこにでも行ける海。

徳右衛門が比喩（ひゆ）として言ったことを、龍馬は世界地図で見て理解していた。

「徳右衛門さんの言われる通りです。海を勝手にふさいではいけません」

高砂で応えた自分の言葉が、徳右衛門の言い分と重なり合って思い返された。

龍馬が眠りに落ちることができたのは、丑三つ（午前二時過ぎ）どきのことだった。

郷士末席の作事方（さくじかた）手伝いが龍馬の身分だ。

作事方はいま、格別の土木工事を抱えてはいない。手伝い身分の龍馬は、五日に一度の出仕でよいとされていた。

七月十二日も非番である。朝餉（あさげ）を済ませるなり、龍馬は小龍宅へと向かった。昨夜の徳右衛門とのやり取りを話し、小龍の考えを聞きたかったからだ。

しかし小龍は不在だった。

「しばらくは御城に泊まり込みになると伝えるようにと、申しつかっています」

応対に出てきた門人から告げられた。

「しばらくとは、どれだけのことでしょうか？」

「存じません」

返答は素っ気ないものだった。

「殿ご自身が、いつになるのかご存じではないと思います」

門人は小龍を殿と呼んだ。

そんな呼ばれ方を小龍は喜ぶわけがないと、龍馬は思った。が、表情には出さなかった。

「うけたまわりました」

小龍宅を辞した龍馬は、道場へと向かった。

いまの小龍は吉田東洋門弟としてではなく、土佐藩御用絵師として出仕している。

絵師の小龍が、しばらく御城に泊まり込みになるという。しかもいつまでとも分からずに、だ。

小龍の身になにが生じているか、想像もつかなかった。

いままでも長らく留守にすることはあったが、常に行き先も不在となる期間も分かっていた。

大丈夫ですか、あにやん……。

小龍を案ずる思いを振り払うには、剣術稽古(げいこ)で汗を流すのが一番だと思われた。

今日もまだまだ残暑が厳しい。

道場に向かう龍馬の姿が、濃い影となって地べたに描かれていた。

第六章　慎太郎、田野学館に学ぶ

一

嘉永五年（一八五二）七月十二日、五ツ半（午前九時）。

中岡慎太郎は田野学館で、朝の講義を受けていた。

田野学館は土佐藩が運営に深く関与している藩校のようなものだ。

安芸（あき）から室戸岬にかけての一帯では、武家のみならず、網元・廻漕問屋・醸造元など富裕な商人の子弟も多く通っていた。

高名を知られていたわけの一つは、講師の大半が長崎や江戸に留学経験を持っていることにあった。

十五歳となった慎太郎は講師のひとり、間崎哲馬（まさきてつま）に心酔していた。

「日本は即刻鎖国政策を中止し、開国に踏み切るべきである」

間崎は慎太郎にこれを説いた。が、口外無用を強く申し渡しもしていた。

「おまえの父君は大庄屋（おおしょうや）で、しかも人格高潔を言われておる」

やがて大庄屋を継ぐ慎太郎であればこそ、間崎は自説を説き聞かせた。

「田野の先に広がる海を流れる黒潮に乗って走れば、江戸にも行き着ける」

間崎は黒潮の流れを例にとって、開国の大事を慎太郎に聞かせた。

「室戸岬に鯨組があるのは、おまえも知っておるな？」

「存じております」

朝の強い光が差し込む間崎の部屋で、慎太郎は明瞭な返事をした。

七月十二日の朝、講義を受けている者は慎太郎ただひとりだった。

「室戸岬の鯨組には他国に師匠があることも、おまえは知っていたか？」

「存じませんでした」

慎太郎の声が曇っていた。

体長五十尺（約十五メートル）を超えるマッコウクジラに、敢然と立ち向かう鯨組の男たち。

慎太郎はこれぞ土佐の誉れだと、いまのいままで思い込んでいた。

よもやあの鯨組に、他国の師匠があろうなど、考えたこともなかった。

「黒潮に乗って北東に走れば紀州国太地湊に行き着くことになる。土佐の鯨組師匠は、その太地湊だ」

捕鯨にかかわる話を聞かせたあと、間崎は黒潮の仔細に戻った。

「黒潮に限らず、海には幾つも大きな潮が流れておる」

風と潮を巧みに使いこなせば、海を奔ってどこにでも行くことができる。

「いまの御公儀のまつりごとは、この海を狭くし、我が国を世界から取り残そうとしておる愚策だ」

強く言い切った間崎は、気を静めるかのように立ち上がり、部屋を出た。

海を狭くする愚策。

間崎が言い放った言葉が、慎太郎の身体（からだ）を走り回っていた。

戻って慎太郎と向き合った間崎は、宇佐浦の漂流民三人の話を始めた。

高知城下に戻ってきたことを、間崎はすでに聞き及んでいた。

「海の向こうの国で、あの三人はいかなる見聞を広めてきたのか……」

ぜひにも聞いてみたいと言ったあと、間崎はまた立ち上がった。

慎太郎の両目は間崎の背中を見つめていた。

二

中岡慎太郎が心酔してやまない間崎哲馬・十九歳は、まことに聡明な男だった。

和算問答では、奈半利支庁の同輩・先輩をことごとく打ち破った。

算盤（そろばん）のみならず、暗算にも長じていた。

「武士に算盤は無用だ」

負け惜しみを陰で言われても、間崎は聞こえぬふりを通した。

「そのことなら間崎に訊（き）けばいい」

対処法の分からない事態に遭遇したり、意味の分からぬ語句に出くわしたりしたとき、奈半利支庁詰めの藩士たちは、真っ先に間崎の名を挙げた。

それほどに間崎が聡明なることは、奈半利で知れ渡っていた。

さりとて支庁内での間崎の評判は、決して芳しいものではなかった。

「おまえはいずれは北川を預かる大庄屋となる身だ。間崎氏との付き合い方には、充分気をつけたほうがよいぞ」

何人もの年長者から、慎太郎はこんな注意を受けた。

「うけたまわりました」

だれに対しても、こう返答した。

が、間崎との付き合い方を改める気など、慎太郎には毛頭なかった。

隔たりを保つどころか、間合いを詰めた。

間崎の持論『開国せよ』に、慎太郎は強く惹(ひ)かれていたのだ。


何処(どこ)の藩に限らず、江戸勤番の下級藩士はひまである。

なかでも中屋敷や下屋敷に配された藩士は、毎日が非番も同然の暮らしであった。

江戸在府中の藩主が起居するのは、藩の公用屋敷・上屋敷である。ここに配される者は、上屋敷勤番藩士として書き留められた。名簿は一冊の綴(つづ)りとして公儀に提出された。

しかし上屋敷以外に配する勤番藩士については、「適宜提出で可」とされた。

大身大名にあっては、中屋敷・下屋敷に配する藩士だけでも千人を上回った。それらの名簿をいちいち提出させていては、公儀事務方にも大きな負担となる。

ゆえに人名録提出は、上屋敷勤番藩士に限っていた。公儀に名を届け出ていないがため鑑札携帯の義務もなく、江戸市中の行き来は自在だった。

間崎哲馬は下屋敷詰めを命じられた。

よほどのことがない限り、藩主も重役も訪れることのない下屋敷のことだ。

「今日は高輪大木戸あたりを検分して参る」

「わしは湯島聖堂をつぶさに見て回るぞ」

下屋敷藩士たちは、当番の者に行き先を告げて、五ツ半（午前九時）には下屋敷を出た。

届け出通りの行き先ではないことは、当人も当番も承知だった。

ひまは存分にあるが、遣えるカネはない。

これは藩が変わろうとも中屋敷・下屋敷勤番藩士に共通していた。

着衣は安価な浅葱色の木綿物長着。

履き物は底のすり減った雪駄で、腰に佩いた二本も粗末な拵えの鮫鞘太刀に脇差しだ。

「まったく、浅葱色がうろうろしやがるからよう。落ち着いて冷やかすこともできやしねえ」

昼間の吉原は『吉原細見』（吉原案内書）をたもとに忍ばせた、非番の江戸勤番藩士が通りを埋めた。

申し合わせたかのように、だれもが浅葱色の長着姿である。カネはなくても武士のメンツを重んずる、厄介な手合いである。

通りで行き違うとき、町人が肩でも触れようものなら大事だ。

「わしを○○藩江戸勤番藩士と知っての無礼であるのか」

こめかみに青筋を立てて怒鳴りつけた。

町人は浅葱色の武家を見ると、向きを変えて離れるのが常だった。

土佐藩藩士もご多分に漏れず、下級藩士の多くが浅葱色を着用していた。

「内藤新宿の大木戸を検分してくる」

行き先とは異なる岡場所見物に出かけるのもまた、他藩と同じだった。

間崎哲馬は下級藩士でありながら、まるで異なる動きをしていた。

「本日は終日、品川湊に出向く」

行き先がまことであるという自負から、間崎は声が大きかった。

「湊に留まり、桟橋に横付けされる小舟や、沖合に停泊いたす千石船の模様をつぶさに観察いたして参る」

間崎の遠縁の者が、土佐国手結(てい)湊に暮らしていた。

「諸国に規模の大きさを知られた品川湊の実態を見聞するのは、藩士の務めであり、我が遠縁の者にも大いに役に立つ」

「うけたまわった」

間崎は胸を張り、大声で当番にこれを告げた。

当番藩士は苦い顔を拵えて返事をした。

手結は土佐藩初期の重役・野中兼山が整備を推進した湊である。

多くの新田を開拓し、産業振興にも尽力した重役だったが、藩主の隠居とともに失脚し晩年は蟄居を命ぜられた。

いまなお野中兼山に対する評価は、きわめて厳しいものがあった。

間崎はそんな藩の声には頓着せず、ことあるごとに「名奉行野中兼山様は……」と公言してはばからなかった。

藩士の大半が出向く吉原見物には興味を示さず、野中兼山の名を大声で称えた。

これだけでも充分に浮き上がる存在である。

間崎はさらにもうひとつ、勤番藩士たちから疎んじられる振舞いを続けた。

安積艮斎が主宰する私塾に足繁く通ったのだ。

二本松藩藩校の教授も務めたことのある艮斎は、江戸昌平橋において私塾を主宰していた。

「学びたき者であらば、藩も身分も問わぬ」

艮斎はおもに江戸勤番藩士を塾生として迎え入れた。

手元不如意であることを承知しており、塾の謝金は月に銀十匁（およそ八百三十文）でよしとした。

この程度の謝金であれば、浅葱色侍といえども工面はできた。

「我が国は四方を海に囲まれておる。海はどこまでも限りなく広がっておる」

二本松藩から海は遠い。

身近に海を知らずに育ったがゆえに、長じたのちの艮斎は海の大きさに畏怖の念を抱いた。

オランダから伝来した書物を精読し、十五世紀半ばから十七世紀にかけての「大航海時代」にかかわる知識を身に取り入れた。

「海には限りがない」

「航海技術と船舶の建造技術さえあれば、海を渡っていずこにも行ける」

艮斎はこの自説を塾生に説いた。

しかしこれは、公儀が敷く鎖国政策には真っ向から反する考え方である。

オランダ語に明るい艮斎は、公儀から蘭語翻訳の依頼も受けていた。

公儀の御用をうけたまわりながら、開国論を塾生に説く艮斎。

きわめて有能であったがゆえ、公儀は咎めを控えていた。

幕閣のなかにも開国やむなしと考える者がいたことも、艮斎に幸いした。

艮斎は咎められなかったが、塾生は違った。

「間崎の西洋かぶれには困ったものだ」

「あれは断じて西洋などという高尚なものではない。ただの江戸かぶれじゃ」

悪所通いにはまったく興味を示さず、ひたすら学問習得に励む勤番藩士……仲間には煙たくて、鬱陶しいこと極まりない存在である。

江戸にいる間、間崎と親しく交わる下級藩士は皆無といえた。

帰国したあとは奈半利支庁勤務を命ぜられた。間崎に対するからい評判は、奈半利にもついて回った。

しかもうわさは、うわさに留まらなかった。

「土佐は太平洋を独り占めにする海の国である。振り返れば山が迫っており、豊かな森林資源にも恵まれた山の国でもある」

土佐藩特産の杉や檜(ひのき)は、大坂の材木問屋を通じて諸国に廻漕された。藩の貴重な財源である。

間崎は山にも言い及んだが、講義の大半は海の大きさ、限りなき広がりを説いた。

開国を論ずる間崎は、奈半利でも仲間から疎んじられていた。

そんな間崎が、慎太郎には目をかけた。

「おまえは学問の修得力に、他の者から抜きんでて秀でておる」

自身が聡明であると評され続けていただけに、間崎は慎太郎の非凡さを見抜いた。

「おまえはただの山村の大庄屋で終わるような男ではない」

やがては土佐藩を背負って立つ逸材であると、慎太郎を大いに賞賛した。

「太平洋を眼前にいただく土佐藩だからこそ、開国を推し進めるべきである」

次回の授業には、世界地図を参考にしながら大航海時代の話を進めると、間崎は告げた。

「わしが江戸にて安積艮斎先生から教わったことのすべてを、おまえに伝授する」

間崎が熱く語る顔を、慎太郎は食い入るように見詰めた。

北川村の大庄屋をどうすればいいのか。

あたまのなかで、慎太郎は村を離れる日が来るであろうと考えていた。

三

慎太郎の父・中岡小傳次は七十二歳の高齢ながら、いまも大庄屋を務めていた。

小傳次の寝部屋は南向きの六畳間である。季節を問わず枕元が朝の光で明るくなると、それをきっかけに小傳次は床から起きた。

まずはかわやに向かい、小用を足した。

古希も過ぎたというのに、小傳次は夜明けまでかわやに立つことがなかった。

存分に放ったあと、井戸端に向かった。

「今朝も顔色がよろしいようで」

奉公人差配の富蔵が、歯磨きの総楊枝を差し出した。小傳次の顔色のよさを言うのは、慎太郎の誕生前から続いている朝の儀式である。

七十二にして歯が丈夫なことも、小傳次の自慢である。

「大庄屋さんみたいにわしももういっぺん、大根の糠漬をバリバリ食うてみたいですら」

村人たちにも小傳次の丈夫な歯は知れ渡っている。塩と薬草を混ぜた特製の磨き粉を使い、小傳次は念入りな歯磨きを済ませた。

様子を見守る富蔵も、すでに六十四歳だ。

「北川村は、まっこと長寿天国にかあらんがぜよ」

「ただ長生きだけやない。古希を超えたち還暦を過ぎたち、きっちり仕事をしゅうきにのう」

小傳次と富蔵は、ともに長寿の評判を高めていた。

洗顔を終えた小傳次は、寝部屋の隣の居室に向かった。

この八畳間も南向きである。小傳次が部屋に入るころには、朝日が濡(ぬ)れ縁に届いていた。

文机(ふづくえ)の前に座ると、源平(げんぺい)が湯呑(ゆの)みを丸盆に載せて運んできた。

これもまた、毎朝の儀式である。

湯呑みには熱々の焙じ茶が注がれており、梅干しがひと粒底に沈んでいる。

「これを」

源平は一冊の綴りを差し出した。

梅干し茶をすすりつつ、小傳次は源平が差し出した日誌に目を通した。

嘉永五（一八五二）年七月十二日、庚申(かのえさる)。

開いた日誌には、昨日の日付が小筆の文字で記されていた。

日誌を差し出した源平は、次女・京(きょう)の婿だ。

いずれ慎太郎は大庄屋職を継ぐ身だが、今年でまだ十五歳と若い。

対する小傳次は古希も過ぎた七十二だ。

いかに身体を気遣い養生を重ねたとて、高齢は小傳次当人が一番分かっていた。

もはや、いつ逝ってもおかしくはないと、小傳次はこのところ毎日それを思っていた。

今年は残暑が厳しく、山深い北川村でもまだ日中の陽(ひ)には猛々(たけだけ)しさが残っていた。

陽をまともに浴びると、肌に痛みを覚えた。

還暦を祝ったころには、感じなかった痛みである。身体は着実に老いを深めていた。

もしも今日にでも果てたとしたら……。

それを考えると胸が痛んだ。

後を託す慎太郎の若さを思うがゆえである。

三年前に婿に迎えた源平の存在は、小傳次の不安を和らげてくれた。

年若いままで慎太郎が大庄屋を継いだとしても、源平が脇についていれば大丈夫……。

近頃の小傳次は、娘婿を大いにあてにし始めていた。

日誌を読み進める小傳次の後ろに、源平が座している。

息遣いの音を立てて小傳次が気を散らすことのないように、呼吸にまで気を遣っているのが察せられた。

娘婿という当主に次ぐ身分でありながら、奉公人差配の富蔵を差し置いて動くことはしない。

三十七の源平は、はるか年長の富蔵を大事に敬っていた。

日誌をつけるのは、いまでは源平の仕事となっていた。

大庄屋の業務日誌は、求められれば土佐藩にも提出する公文書だ。

嘉永二（一八四九）年に源平が婿入りしてくるまでは、小傳次が毎日記載していた。

当時すでに六十九歳だった小傳次である。

一日の締めくくりに日誌を書き込むのは、ひどく難儀になっていた。

高値を惜しまずロウソクを使い、明るさは足りていた。が、小筆で書き込む小さな文字は、視力の衰えた小傳次には苦行に近かった。

婿入りから十日が過ぎたとき、小傳次は日誌つけを源平に任せることにした。

奈半利の造り酒屋三男の源平は、長らく家業の帳面づけを受け持っていた。

算盤も帳面づけも得手としていたのだが。

「藩に差し出す日誌ですき、ちゃんとした字で書かんといきませんきに」

源平は小傳次の口利きで、松林寺に通い始めた。禅定和尚から楷書（かいしょ）を教わるためである。

「筋もよろしいが、なにより人柄が優れておる」

見やすい字で日誌を書く。

楷書習得の目的がはっきりしている源平は、和尚も感心するほどの上達ぶりを示した。

以来、今日に至るも中岡家大庄屋日誌は、判読しやすい楷書で記されていた。

「昨日も格別のことは起きてなかったようだの」

読み終えた小傳次は、ほどよく梅干しがふやけている焙じ茶をすすった。

口を開く前に、源平は小さく息を吐き出した。

「夜も更けたころ、若がもんてこられました」

源平は努めて静かな口調で告げた。

しかし小傳次の表情は大きく変わった。

「慎太郎が、うちにもんてきちゅう（戻ってきている）がか」

大庄屋の物言いが、いきなり普段着になった。

「若がここに着かれたがは、かれこれ五ツ半（午後九時）が近いころでしたき、旦那様はもうお休みになっちょられました」

慎太郎からも父を起こすなと言われたことで、今朝まで知らせずにいた。

「どういて急にもんてきたか、わけをなにか言いよったか？」

「旦那様と顔を合わせてから、若が自分で言われるそうですきに」

差し迫った様子ではなかったと聞かされて、小傳次は気持ちが落ち着いたようだ。

湯呑みの茶をすすった。

焙じ茶を喉に滑らせた小傳次を見てから、源平は先を続けた。

「それにしても若は、まっこと剛胆な若武者になったもんやと、富蔵さんが感心しちょったがです」

提灯こそ提げてはいたが、闇の深い山道をひとりで歩いてきたのだ。

「獣も物の怪もうじゃうじゃおるに決まっちゅう夜の山道ですきに」

闇に包まれた山道を想像したのだろう。源平は正味で声を震わせながら話した。

「なんぼ二本を腰に佩いちょっても、ひとりで歩く度胸はわしにはないと、あの富蔵さんが言うちょりました」

大庄屋屋敷に戻り着くなり、女中は慎太郎にすすぎを用意した。

「あんな山道を登ってきたがやに、若は息も乱れちょらざったと、おたね（女中）も正味でびっくりしちょりました」

慎太郎は田野学館の寄宿舎暮らしである。

今年三月、北川村の山桜が満開となったころに戻ってきたとき以来、小傳次は慎太郎の顔を見ていなかった。

齢（よわい）を重ねるにつれ、慎太郎の顔を見たいと思う気持ちが強まっていた。

が、いまだ大庄屋の現役であるという自覚が、その想いを人前で口にすることを抑えていた。

いま目の前にいるのは源平だけだ。血のつながりこそないが、万事において信頼している娘婿である。

「いますんぐにも、ここに呼んできなさい」

湯呑みを手に持ったまま、源平に命じた。

「若もそのつもりですきに」

いまは井戸端で顔を洗っているさなかですと、源平は言い添えた。

「そうか……」

小傳次がふううっと息を吐き出した。

早く顔を見せろと、催促をしているかのような吐息である。

ワンワンッ！

井戸端で飼い犬の武蔵が弾んだ声を発した。

慎太郎が戻ってきたことを犬も喜んでいた。

四

小傳次と慎太郎は朝餉を終えたあと、ふたりだけで向き合った。小傳次の居室で、である。

「父上にどうしても相談したいことができたものですから、学館長から四日間の外泊許可を戴いて参りました」

田野学館を昼過ぎに出た慎太郎は川船を乗り継いだあと、夜の山道を帰ってきていた。

「川船を下りたあとは、うちの山じゃ。途中で追剝が出る心配はないが、獣も物の怪もおる」

どうして夜道を急いだりしたのかと、小傳次はきつい口調で咎めた。

「おまえは遠からず大庄屋を継ぐ身じゃ」

強く光る目で見据えたあと、小傳次は上体を慎太郎に寄せた。

「おまえの身体はおまえだけのもんやないと、死んだおかあがいっつも言うちょったやろうが」

慎太郎は父親を見詰めて深くうなずいた。

「分かっちょって、どういてわざわざ夜の山道を歩いたりしたがぜよ」

「母上から戒められましたことを、我が身で確かめたかったからです」

慎太郎はゆるぎのない口調で答えた。

肝試しの飛び込みを見事に成し遂げたとき、村は大騒ぎとなった。

「さすがは次の大庄屋になる子じゃ」

「これで小傳次さんも安心じゃろう」

村の男たちは小傳次を含めて、慎太郎の快挙に大喝采した。

その日の夕餉は、慎太郎飛び込み達成の祝い膳となった。大庄屋屋敷の広間に集った男衆は、慎太郎の快挙を肴に祝い酒を重ねた。

娯楽の少ない山里である。大庄屋の息子が成し遂げたことは、格好の酒盛りのタネだった。

ほどよきところで広間を辞した丑は、鍵のかかる納戸に慎太郎を連れて入った。

いままで見せたことのない厳しい顔を拵えて、丑は慎太郎と向き合った。

母にも褒めてもらえると思っていた慎太郎は、驚きで背筋が丸くなった。

「ちゃんと背筋を伸ばしなさい」

母の一喝で、慎太郎は居住まいを正した。

「おまさんは、ここの大庄屋を継がないかん身体じゃきに」

慎太郎を見据えたまま、丑はもぐさを丸めて豆粒ほどのかたまりを作った。

「右手をぎっちり握りなさい」

こぶしを作らせた丑は、人差し指の腹を上向きにさせた。折り曲げた指の関節の真上に、もぐさを載せた。

持参した懐炉で線香に火をつけた。

「もしもおまさんが、また無鉄砲な振舞いに及びそうになったら」

丑はもぐさに火をつけた。

豆粒大でも、関節にすえる灸は効く。

激痛が走ったが、慎太郎は声を漏らさぬように踏ん張った。

そんな我が子を見ながら、丑は戒めの言葉を続けた。

「今夜ここで言うたことと、お灸の痛さを思い出して危ないことはやめなさい」

なにをするときでも、自分は大庄屋を継ぐ身分であることを忘れないように。

丑に見詰められた慎太郎は、両目に涙を浮かべて深くうなずいた。

母は去年（嘉永四年）に他界した。

慎太郎はいまでも母のあの夜の戒めを、忘れてはいなかった。


「田野学館では学問と剣術を教わっています」

道場で稽古をつけられている剣術が、果たして本当の敵に通用するものなのか。

「それを確かめたくて、あえて夜の山道を歩くことにしました」

大庄屋を継ぐ身であればこそ、敵を前にしても逃げ出したりしないこころの強さを鍛え、技を磨くことが大事……慎太郎は小傳次の目を見詰めて返答した。

了とした小傳次は、口調を和らげた。

「なにがあって、おまえはもんてきたがぜよ」

口調から堅さが失せていた。

「わたしは田野学館の師範、間崎哲馬先生を深く尊敬しています」

言葉を区切った慎太郎は、あとを続ける前にひと息をおいた。丹田に力を込め、先を続けた。

「先生の評判がようないがですき、どういたらええか、困っちゅうがです」

慎太郎の物言いも普段着になっていた。

五

小傳次の居室に慎太郎が顔を出したのは、七月十四日明け六ツ（午前六時）を四半刻（三十分）過ぎたころだった。

「昨日お聞かせくださりましたこと、てまえは何度も繰り返し噛（か）みしめました」

毎朝の洗顔を終えたばかりの小傳次は、まだ一服の茶も口にしてはいなかった。

「このまま戻るがか？」

小傳次が質（ただ）したとき、女中が茶を運んできた。慎太郎は朝餉も摂（と）らぬまま、出立の身支度を済ませて父親と向き合っていた。

「親仁（おやじ）さまがしてくださりましたお話に、深く得心がまいりました」

慎太郎の口調には小傳次への敬いが込められていた。

「かくなるうえは一刻も早く田野学館に戻り、ご教示賜りました通りにいたす所存にございます」

慎太郎が口を閉じるのを待って、小傳次は茶をすすった。湯呑みを戻し、息子に応えた。

「おまえが本気で信頼したという相手やったら、たやすう見限ったりしたらいかん」

湯呑みは強い湯気を立ち上らせている。再び手に取った小傳次は、口をつけぬまま話を続けた。

「真正面からぶつかり、ことの真偽をおまえの目と耳で確かめたらええ」

ズズッ。

茶をすすったあとは、慎太郎を見る目の光が強くなった。

「ひとによったら、口はなんとでも言うもんじゃきにのう。しっかり両目を開いちょいて、相手の言うことを目で聞き取ることも大事ぜよ」

小傳次が口を閉じたあともしばしの間、慎太郎は黙して父親を見詰めていた。

相手の言葉を目で聞き取る。

諭しを身体の芯に刻みつけたあと、慎太郎は得心の言葉を口にした。

「ご教示、肝に銘じます」

深く一礼してから、小傳次の居室を出た。

小傳次は息子を送りに立つこともしなかった。

すっかり頭髪が白くなった富蔵が、台所で慎太郎を待っていた。

「慎太郎さんが早立ちをすると言い出したもんじゃき、旦那さまはさぞやつらかろうに……」

小傳次が口にしなかった想いを、富蔵が代弁していた。

つい今し方、小傳次とは話をしたばかりである。ただの一言も、引き留めることは言わなかった。

それどころか早く田野学館に戻り、ことの真偽を確かめよとまで促されたのだ。

丑が逝ったいまでは、ひとり息子の慎太郎と共に過ごせるのは、小傳次にはかけがえなき刻に違いない。

しかし父親から教えを受けたあとの慎太郎は、逗留予定を切り詰めて田野学館に戻ろうとしていた。

息子には見せなかったが、富蔵には早い出立を残念がるという本音を漏らしていた。

父も富蔵も、ともに老いが深くなっている。

明かり取りから差し込む朝の光は、富蔵の顔に浮いた老人斑をも照らし出していた。

「親仁さまをお願いします」

富蔵と源平に辞儀をした慎太郎は、大庄屋屋敷の玄関木戸へと向かった。

昇り始めた若い朝日が、ダイダイ色の光を慎太郎の背中に注いでいた。

奈半利川を田野に向けて下る乗合船は、ひどく混み合っていた。

六月初めから七月上旬まで、北川集落周辺の山々に降った雨の量は、例年に比べて極端に少なかった。

田野の河口に向かって流れる奈半利川は、途中で何カ所も大きく蛇行している。水深は浅瀬でも一尋（約一・五メートル）、深い場所では二尋を超える箇所が多数あった。

蛇行を繰り返すたびに流れは激しさを増したが、深い川底には棹が届かない。

奈半利川を行き来する乗合船の船頭は、櫓さばきに長けている者と相場が決まっていた。

「言うたちいかんぜよ。わしゃあ奈半利川の船頭じゃきにのう、勝負するかや？」

奈半利川の船頭というだけで、乗合の仲間内では大いに幅が利いた。

今年に限っては、船頭に求められる技が大きく違っていた。櫓さばきではなく、棹使いの技が求められた。

川水の流れが痩せたことで、船頭は棹を頼りに乗合船を操ることになったのだ。

「しゃくなことやけんど、棹はうまいこと使えん」

何人もの船頭が「川水が増えるまでは」と限りをつけて、船から下りてしまった。

船頭不足のあおりを受けて、四半刻ごとに一便出ていた乗合船が、一刻（二時間）ごとに一便と、四分の一まで激減してしまった。

さりとて、田野に向かいたい乗合客が減ったわけではなかった。

いつもの船ならゆったりと膝を伸ばし、両岸の景色も楽しむことができた。

七月十四日、四ツ半（午前十一時）に崎山桟橋を離れた十五人乗りの船には、二十五人もの客が乗り合わせていた。

この便に乗りたかった船客は、まだ十人以上もいたのだが。

「これ以上乗られたら、わしの棹一本では急な流れをよう越えんきに」

見栄っ張りの船頭が、思わず本音を漏らして客を断っていた。

田野学館に戻ろうとしている慎太郎は、袴姿である。髷は町人髷に結っていたが、凜々しさは隠しようがなかった。

舳先（へさき）ではひとりの武家が背中を船端に預けて、三人分の場所を占めていた。

小柄で太っており、息遣いが荒い。わらじ履きのまま、両足を野放図に投げ出していた。

船が揺れるたびに、汚れたわらじが乗合客の着衣にくっついてしまう。が、気にして足を引っ込める気遣いなど、まるでなかった。

武家では相手がわるいと思っているのだろう、客は文句も言わず、狭くなっても身体をずらして、わらじを避けていた。

慎太郎は混み合ったなかで、背筋を伸ばした姿勢を保っていた。

「おまさん、もう元服は終わっちゅうがかね？」

船の揺れに合わせて身体をしならせつつも、姿勢は崩さない慎太郎である。問いかけてきた年配の農夫は、慎太郎の居住まいのよさに感心している口調だった。

着衣は野良着だが、田野に出るに際して洗ったばかりに見えた。膝元には大きく膨らんだ包みが置かれていた。

「わたしは今年の一月に元服を済ませました」

慎太郎は明瞭な物言いで農夫に答えた。

「なにが元服か、笑わせるな」

舳先の武家が身体を船端に寄せたまま、荒々しい物言いで絡んできた。

「元服とは、わしら武家の子息に限って使う言葉だ。たかが山奥暮らしの小童（こわっぱ）が、なにが元服だ」

武家は酒が残っていたのかもしれない。ろれつの回り方には難があった。

船客の多くが武家を見た。陽を浴びた顔色は赤銅色というよりも酒焼けしているかに見えた。

慎太郎はいささかも怯むことなく、真っ直ぐな目を武家に向けた。

「わたしは土佐藩から北川村大庄屋職をいただいております中岡小傳次が息、中岡慎太郎です。元服式の烏帽子親は、松林寺ご住持が務めてくださいました」

言い返したわけではなく、穏やかな物言いで武家に告げた。

「小賢しいことを抜かしおって！」

腹立ちを抑え切れず、武家は身体を起こして立ち上がろうとした。

乱暴な動作を恐れて、近くに詰めていた船客たちが端へと動いた。船が揺れた。

間のわるいことに、船は大曲りに差し掛かっていた。船頭は川底を強く突き、艫（船尾）の向きを大きく変えた。

足と腰が定まっていなかった武家は、背中から川に落ちた。

ドボンッと音が立ち、水しぶきが散った。

川水は痩せてはいたが、水深は優に一尋を超えていた。

身の丈は五尺二寸（約百五十八センチ）ほどの武家である。両刀こそ腰から外していたが、着の身着のまま川に落ちた。

大曲りに向かって流れは急である。

「わしは泳げん……手を貸して……」

叫ぶ武家の口に川水が飛び込んだ。

棹を握った船頭は助けには動けない。船足をなんとか遅くしようとして踏ん張っていた。

慎太郎の前に座した農夫は物静かな顔を崩さず、包みの中から荒縄の一巻きを取り出した。田野の商店に納めに行く途中らしい。

慎太郎はうなずき農夫から縄を受け取ると、客の間を動いて船端に近寄った。

流れは急だ。船頭が棹を突き立てても、どんどん武家との間合いは開いていた。

荒縄を大きく振り回した慎太郎は、水中でもがいている武家めがけて投げた。

狙(ねら)いは確かで、縄の先端は見事に武家の面前に落ちた。

「摑(つか)んでください、わたしが引き寄せます」

溺(おぼ)れる者は藁(わら)をも摑むという。

命がけで縄の端を摑んだ武家を、慎太郎は軽々と引き寄せた。

船端まで寄っても、武家はまだ身体をバタバタさせてもがいている。

「船はもう浅瀬に入っちゅうきに。足を伸ばしたら立てるぜよ」

武家はバタバタ動きをやめて、足を川底におろした。

小柄な武家でも胸元までの深さしかなかった。

「さすが大庄屋の跡継ぎじゃのう」

売り物の荒縄を濡らしてしまったのに、農夫は満足げな物言いでつぶやいた。

トンビが武家の頭上でフンをした。

月代に命中したとき、トンビは北川村の山を目指して飛び去って行った。

六

田野学館に帰り着くなり、間崎哲馬が慎太郎に寄ってきた。

哲馬は慎太郎より四歳年上の十九歳である。しかし濃く疲労の色を顔に貼り付けた間崎は、三十路近くにすら見えた。

「海辺まで出ませんか」

慎太郎の申し出を受け入れた間崎は、先に立って海辺を目指した。

田野学館から砂浜までは、四半里（約一キロ）のなだらかな下り道である。道の両側には風除けに松が植えられているが、木と木の間合いは半町（約五十五メートル）もあった。

種崎千松の防風林には遠く及ばない、まばらな松の並木であった。

空は晴れており、黒潮が流れる太平洋の近くだ。処暑も過ぎたというのに、海からの風には過ぎた夏の香りがまだ残っていた。

砂浜に人影などない、七ツ（午後四時）どきである。袴をはいたまま、慎太郎は砂浜に正座した。

西空に移った天道が、慎太郎の背中を照らしていた。

間崎は慎太郎の正面に座すのを避けた。

西日をまともに浴びるのを嫌ったのだろう。海を背にして南に座した間崎は、田野学館を彼方に見ていた。

慎太郎は立ち上がり、間崎の真正面に移って正座した。

「間崎さんにうかがいたいことがあります」

「なんなりと訊いてくれ」

あぐら組みだった間崎も正座に直った。

「わたしの周りの者たちが、間崎さんに金子を用立てているそうですが、まことですか？」

慎太郎は相手の目を見詰めて質した。

間崎はその目を受け止めたまま、しばし黙していた。

不意に強い海風が吹いてきて、小さな砂が舞い散った。

慎太郎は両目を開いたまま、風と砂をやり過ごした。間崎も目を閉じることはせず、慎太郎を見詰め返していた。

不意の風は、不意にやんだ。

「おまえが耳にしたことはまことだ」

間崎の背筋が真っ直ぐに伸びていた。

「用立ててもらった金子を、わたしはまだ一文も返していない」

丹田に力を込めているのだろう。間崎が話すたびに、下腹のあたりが動いた。

「わたしに関する、わるいうわさが交わされていることは承知している。うわさはまことだ」

間崎は言いわけはせず、借金の額は四両三分二朱だと明かした。

「江戸で購入した書籍の代金だ。城下の商人からきつい催促をされたがため、わたしの教え子五人から用立てを受けた」

口を閉じた間崎は、正座のまま三度の深呼吸をくれた。存分に息を吐き出してから、話の続きに戻った。

「わたしにはいずれも大事な図書だが、ひとの金子をあてにして買い求めた」

間崎からまた深い息が吐き出された。

「手元に持てる身分ではないと、いまさらやっと得心した」

高知城下の商人からは、売値と同額で引き取ると言われている……間崎は微動だにせず、このことを慎太郎に明かした。

「次の非番の折り、城下に出向いて図書すべてを売却してまいる。用立ててもらった金子は、全額これで返済できる」

遊興費ではなく、学問のために借り受けたカネだと、自分に強弁を続けてきたのだが。

「いまは、おのれの未熟さを深く恥じている」

そう言いながらも、卑屈な素振りはまったく慎太郎に見せなかった。

「おまえが北川村に帰ったと聞いたとき、急な帰郷のわけは」

慎太郎を見詰める間崎の両目が、一段と大きく見開かれていた。

「わたしの……借金にまつわるうわさしかないと思っていた」

言い終えた間崎は、初めて目を閉じた。

慎太郎は黙したままである。

魚の群れが沖合を行き過ぎているのかもしれない。集まってきた鳥の騒がしい啼(な)き声が、沖から砂浜にまで届いていた。

第七章　龍馬、万次郎と出会う

一

嘉永五年（一八五二）七月十八日、丙寅（ひのえとら）。

暦を見ながらこの日の訪れを待っていた龍馬は、五ツ（午前八時）の鐘が上町に響き始めるなり外出の支度を始めた。

丙寅の日にあっては朝こそ金なり。

愛読している易書に書かれていることを、龍馬は遵守していた。

朝餉（あさげ）を済ませるなり河田小龍屋敷に出向くことが、丙寅の易だと考えていた。

宇佐浦の漁師三人が高知城への入城を許された日を境に、小龍との行き来が途絶えていた。

吉田東洋高弟として、小龍は藩に召し抱えられた。そうなった後も自ら坂本家に顔を出すか、屋敷に詰める門弟を差し向けるかして、小龍は龍馬との間柄を保ってくれてきた。

「長崎奉行所から、アメリカ帰りの漁師三人が土佐藩に帰されることになった」

この大事を教えてくれたのも小龍だ。

今回のようにまったく音信が途絶えたのは、吉田東洋の供で他国（藩外）に出かけたときのみである。

いま小龍は他国になど出ておらず、藩に留まっているのは分かっていた。それだけに、まったく報せがないことを龍馬は深く案じていた。

屋敷を訪れて門弟から事情を聞かせてもらおう……こう思い立ったのは数日も前のことだ。

なにごとによらず、すぐに行動に移す龍馬だが、今回だけは違った。

易書を精読し、適した期日を待った。

今回に限っては短慮な振舞いは無用だと、本能に諭されていた。

易書を読んでから五日待った丙寅である。

「小龍あにやんの屋敷に行かせてください」

坂本家当主の兄に断り、小龍屋敷に向かった。非番の日であったがゆえ、兄は願いを許した。

上町の坂本家から小龍屋敷までは、足を速めずとも四半刻（三十分）もかからない。

この朝の龍馬はしかし、早足を続けた。

玄関まで半町（約五十五メートル）に迫ったとき、屋敷の生け垣内で小龍の愛犬が吠えた。

ウオン、ウオン、ウオンッ。

吠え方は不審者に対するものではない。親しみを込めている吠え方だ。

犬好きの龍馬は小龍屋敷を訪れる都度、黒毛の弁丸のあたまを撫でてきた。ときにはダシジャコ（煮干しのようなもの）をたもとに忍ばせて、弁丸に食べさせることもあった。

もちろん小龍の許しを得た上でのことだ。

龍馬の犬好きを知っている小龍は、目を細めて了としていた。

弁丸は屋敷内では放し飼いにされていた。主人の言いつけを守り、勝手に生け垣の外に出ることはなかった。

玄関に向かう龍馬に合わせるようにして、弁丸は冠木門（かぶきもん）の内側へと進んでいた。吠えながら駆ける犬の様子を奇異に思ったらしい。龍馬が行き着く前に、門弟のひとりが門の内で待ち受けていた。

この屋敷を訪れたとき、何度となく声を交わしている門弟・近森真一郎である。龍馬は近森に笑顔を向けた。

いつもなら快活な声で応ずる近森だが、この朝は硬い表情のまま無言で立っていた。

弁丸は近森の後に移っていた。

近森の応対に戸惑いを覚えた龍馬は、両腕をだらりと垂らして表情を引き締めた。腕から力を抜いて垂らしたのは、瞬時に太刀に手をかけるための、龍馬流儀の身構え方である。

いつもとは違う門弟の様子が、龍馬にその構えをさせていた。

「先生は不在ですき」

早く冠木門前から立ち去ってくれと言わぬばかりの、素っ気ない物言いである。

「どういたがぜよ、その言い方は……あにやんになんぞ起きたがかよ？」

龍馬は土佐弁でぞんざいに問いかけた。自分と同い年の近森の応対を業腹に感じたからだ。

「なんちゃあ言えんがやき、帰ってつかあさい」

語調を和らげた近森が立ち去ってくれと頼んでいたら、見知らぬ武家が玄関から出てきた。

鼠色・厚手生地の合戦袴を穿いた、龍馬や近森よりも年長の武家だ。

「河田氏は不在だ」

傲岸な口調で告げた武家は、垂らした両手をこぶしに握った。

名乗りもしない武家には目もくれず、龍馬は近森を見た。その刹那、龍馬は表情を和らげた。

龍馬を見詰め返している近森の目が、小龍は息災ですと応えていたからだ。

無言で一礼し、龍馬は門前を離れた。

名も役職も分からぬ武家は構えを崩さず、龍馬が門前から遠ざかるのを見ていた。

弁丸は近森の後で尾を振って見送った。


息災や言うたち、様子が分からん。あにやんに、なにが起きちゅうがやろうか？

胸の内に湧き上がる疑問に答えを見出せぬまま、龍馬は歩き続けた。歩みを保つことで、妙案が浮かぶと思っていたからだ。

「思案に詰まったときは歩いたほうがええ。血は足から心ノ臓へと駆け上って、身体を巡りゆうきにのう。歩くことで、足から勢いのええ血が上ってくれるきに」

鏡川の原っぱで遊んでいたこども時分、川漁師の要が常にこれを口にしていた。

投網を引き上げるときの要は、還暦を迎える川番とも思えぬ達者ぶりで、両足のふくらはぎを固く膨らませた。その足に手を触れさせて、強く響く足の鼓動を龍馬に感じさせた。

要の教えを龍馬は忘れていない。いまも思案に詰まるたびに、両足で地べたを強く踏みながら歩いていた。

しかし今朝はさしたる妙案も思い浮かばぬまま、枡形の辻まで歩いていた。

御城につながる大路の辻である。車の行き来なしを見極めてから、早足で通りを渡った。

「お待ちなさい」

大路に面して立っていた僧に呼び止められた。右手に鉢を持ち笠を目深にかぶった、托鉢姿の僧である。

托鉢僧の前を素通りしてはならぬ。

親から厳しくしつけられていた龍馬は、気づかずに通り過ぎたことを悔いた。急ぎ取り出した紙入れから小粒銀一粒を摘まみ出した。

一粒で八十三文相当の値打ちがあり、托鉢僧への喜捨としては多額に過ぎた。が、素通りしようとした自分の非を思い、龍馬は小粒銀を僧の持つ鉢に入れた。

チリリン、チリリン。

多額の喜捨に対し、僧は鈴をふたつ鳴らして応えた。

一礼して離れようとした龍馬を僧はまた呼び止め、鈴を持った右手で手招きした。

龍馬は素直に従い、僧の面前へと移った。

僧が立つ場所には上部が平らな岩があった。鈴と鉢とを岩に載せた僧は、あご紐をほどいて笠を取り、岩に載せた。

深く窪んだ両目の瞳は潤いを宿した漆黒である。その双眸に見詰められた龍馬は、身体を揺らさぬよう、地べたを踏む足に力を込めた。

「呼び止めたのは、仔細あってのことでの」

喜捨を求めてのことではないと告げた僧は、引き留めた理由を話し始めた。

「そなたの誕生の折りには、尋常ならざることが生じておったはずだが」

両親から聞いてはおらぬかと、僧は問うた。

「龍が空から舞い降りてきた夢を、父上が見ておいでです」

夢にちなみ、龍馬と名付けられた……辻で初めて行き会った僧だったのに、親から聞かされてきた命名の由来を龍馬は話した。

「さもあろう」

僧は深くうなずき、さらに言葉を続けた。

「そなたは百万にひとりいるか否かの、強い星を背負って誕生しておる」

僧はぴたりと双眸を合わせて話している。

龍馬は肩の力を抜き、僧の瞳を真正面から受け止めて話を聞いていた。

「そなたが背負っておる星の力は、桁違いに強くて大きなものだが、自分から力を発揮するという星ではない」

この意味が分かるかと、僧は問うた。

「分かりません」

龍馬はなんら考えることもせず即答した。

僧が初めて目元をゆるめた。龍馬の真っ正直な返答を了と受け入れたのだろう。

「ひとの上に立つ者が背負う星には、二つの種類がある」

僧の表情がまた引き締まった。

「みずから力を発揮して民を引っ張るという星が、そのひとつだ」

たとえば……僧は豊臣秀吉の名を挙げた。

「秀吉は主君織田信長が本能寺の変にて斃（たお）されたと聞くや、対峙（たいじ）しておった敵と和睦して京に駆け戻った」

対処ぶりに感服した武将たちは、その後も秀吉に従い、ついには仕える主君を天下人の座へと押し上げた。

秀吉を詳しくは知らなかった龍馬は、両足を強く地べたに踏ん張ったまま、むさぼるかのように僧の話に聞き入った。

「いまひとつは、大事が起きる場に居合わせることができるという星だ。ひとはなんと間の良いやつだと言うだろうが、それは間の良さではない。強い星を背負っている者のあかしだ」

龍馬を見詰める僧の双眸が強い光を帯びた。

「そなたは才谷屋の火の見やぐら上から、土佐に戻された三人の漁師を見ておったな？」

「はい！」

龍馬は力強く答えた。答えたあとで、僧はなぜ自分が火の見やぐらにいたことを知っているのかと、疑問に思った。

が、そんな疑問は束の間に消えた。目の前の僧が話すことに心を奪われていたからだ。

僧の目から強い光が消えた。

「この先もそなたは幾つもの大事の場に遭遇する。みずから求めたわけでもないのに、天地がひっくり返るような騒動が起きる場に、居合わせることになるのが見えておる」

我が身の鍛錬を怠るなと、僧は戒めた。

「星が桁違いに強きがゆえ、気を抜けば星が隠し持っておる牙の餌食となる」

精進に精進を重ねて日々を過ごすこと。

大事が待ち構えておる遠くに目を配り、日々の足下で生ずる些事に気をとらわれるな。

「さりとて細かなことにも目配りしておくことも大事だ。大小どちらにも目配りできてこそ、そなたの星は輝きを放つ」

言い終えた僧は笠を目深にかぶり直して鉢と鈴を手に持った。

チリリリン……。

長い韻を引いて鈴が響いていた。

二

去る七月十二日の四ツ（午前十時）どきに、小龍は土佐藩揚屋に召し出された。御城の北斜面下に構えられた揚屋は、不祥事を起こした武家を留め置く牢屋である。

武家と僧侶以外の罪人を留置する牢屋は、揚屋の北西に構えられていた。

小龍が召し出されたのは、正しく言えば揚屋ではなく寮（別屋敷）だった。

与力以上の身分の者を吟味し留置する寮は、敷地が二千坪あった。隣接する揚屋や牢屋のような高い塀で囲われてはいない。

高さ一間（約一・八メートル）の、生け垣囲いの武家屋敷のような造りだった。

尋常な屋敷との違いといえば、玄関の造りだろう。

武家屋敷玄関には冠木門が構えられている。

寮の玄関には六尺棒を手にした屈強な門番二名が立っていた。

玄関正面には頂上までの高さが五丈（約十五メートル）しかない、すべり山が見えていた。

ただ一本の木も植わっておらず、なだらかな斜面は草でおおわれている。土地のこどもたちはこの小山をすべり山と呼んでいた。

薄板に乗り、斜面を滑り落ちることは、武家の子息も町人の子も一緒に興じた。

寮の玄関を警護する門番は、こどもたちの歓声を聞いても、眉も動かさずに直立姿勢を保っていた。

七月二十日、朝五ツ（午前八時）前。

長崎奉行所から土佐藩への帰国を許された万次郎と小龍は、濡れ縁に並んで座っていた。

生け垣の先には、すべり山が見えている。

南と東の斜面では、朝日を浴びた草が白く輝いていた。処暑を過ぎたいまでも、土佐の朝日には強い威勢があった。

まだ五ツ前ゆえ、こどもの遊ぶ姿は見えなかった。濡れ縁に座って朝のすべり山を見るのは、万次郎の大事な楽しみだった。

小龍は余計な口を挟まず、万次郎と一緒に前方を眺めていた。

揚屋と牢屋につながる寮の前の小道は、通り抜ける者など皆無である。三町（約三百三十メートル）も離れた御城の森から野鳥のさえずりが聞こえてくる。

それほどに朝は静かだった。

しかし時が至れば……。

ドオオーーン！

御城の三の丸で打たれた大太鼓の轟（とどろ）きが、濡れ縁にまで響いてきた。

出仕時刻を告げる大太鼓である。

万次郎の潮焼け顔がわずかにほころんだ。

「なんべん聞いたち、太鼓の音はええもんですら」

「まさに然りです。朝の大太鼓は、一日の始まりを教えてくれます」

背筋を張ったまま、小龍が応じた。

万次郎は小龍より四歳年下である。しかし小龍は年長者に対するときと同じ物言いで、万次郎に接した。

学問からでは修得できない「外国での生活」を、万次郎は実体験していた。

藩から命じられた小龍は万次郎と起居を共にして、外国生活の仔細を聞き取っていた。

大太鼓の轟きが止んだところで、万次郎は小龍を見た。

「今日はどんな話をしたら、小龍さんにええがですろう？」

万次郎はすっかり土佐弁に馴染(なじ)んでいた。


小龍と万次郎は七月十二日四ツ半（午前十一時）に、奉行所与力の中立ちで引き合わされた。

「本日より両名にはこの寮にて、起居を共にいたすことを命ずる」

与力は小龍と万次郎を等分に見ながら話を進めた。

「河田は万次郎の話すことを、一言一句聞き漏らさぬように」

「御意のままに」

小龍はかしこまった口調で答えた。

「いかなる話を聞こうとも、寮の外に漏らすことは厳に禁ずる。河田が書き留めし文言、絵図の類(たぐ)いは、そのほうらの居室の外に持ち出すことを得ずと心得よ」

与力は半刻（一時間）の長きにわたり、指図と注意を与え続けた。

指図も注意もなにひとつ、肯定的なものはなかった。

いたすなとべからずに終始した。

与力が居室を出るなり、万次郎は身体に大きな伸びをくれた。万次郎の着衣は上半身・下半身ともに、蘭学図鑑に出てくるような衣類である。

「いま着ているものは、なんというものですか？」

小龍が最初に発した問いを聞いて、万次郎は顔を大きくほころばせた。

「上はシャツで、下はズボンです」

明るい口調で答えてから小龍を見た。

「いままで会うてきた役人らあは、だれっちゃあ（だれも）わしが着いちゅうもんがなにかとは訊かざったがですき」

調べに当たった役人たちは土佐藩を含めてひとりの例外もなく、万次郎の在所と名を質（ただ）すことから始めた。

万次郎は背筋をビシッと張り、気合いを込めて返答してきた。

小龍はまったく違っていた。

向き合ったときに居住まいこそ正したものの、名も在所も訊かなかった。武家言葉で話したが、口調には親しみが込められていた。

「小龍さんとやったら、うまいこと話ができそうな気がしちゅうがです」

これが万次郎との会話の始まりだった。

万次郎が宇佐浦の漁船徳右衛門丸で遭難したのは、天保十二（一八四一）年一月初旬である。琉球から長崎を経て土佐に帰国できたのは嘉永五（一八五二）年七月中旬だった。

遭難当時十四歳だった万次郎は十一年もの間、外国で暮らしていた。そしてアメリカ船籍の捕鯨船に乗り、世界の海を航海した。

十四歳だったときの万次郎は、徳右衛門丸のかしき（炊事役）だった。在所の中ノ浜でも、徳右衛門丸に雇われた宇佐浦でも、読み書きを学ぶ機会はなかった。

救助されたあと、万次郎はアメリカ合衆国東部のフェアヘブンで小学校に通い、英語の読み書き学習を始めた。

その後はバートレット・アカデミーという航海学校に入学。数学や航海術を習得し、上級船員の身分で捕鯨船に乗船した。

土佐弁を話すことはできていたが、読み書きはできぬまま外国で暮らした。そして日本語ではなく、英語の読み書きを習得していた。

日本語など、だれも話さない環境のなかで、万次郎は十一年を過ごした。日常会話は英語という暮らしだった。

使わなければ言葉は忘れてしまう。

ハワイのオアフ島カネオヘで十一年間暮らしていた徳右衛門丸の仲間も同じだった。

万次郎と一緒に帰国した船頭の傳蔵（筆之丞）と五右衛門も、土佐弁を忘れかけていた。

ハワイから琉球に向かう船中で、三人はようやく土佐弁を使う暮らしを取り戻した。

三人が寄れば、忘れかけていた言葉も達者に思い出せた。

琉球到着時には、土佐弁での会話に不自由も感じないまでに、言葉が戻っていた。

それでも万次郎は小龍との会話では、つい英語が先に出ることが多々あった。

万次郎が示す大きな身振りには、土佐弁よりも英語のほうが釣り合っていたからだ。

「こらいかん、また英語をつこうたき」

「土佐弁で言おうとしたら、言いたいことがうまいこと言えんきに」

ともに起居を始めてから四日が過ぎるまでの万次郎は、英語が出る自分に焦れていた。

「わしは、なんちゃあ構わんきに。無理に土佐弁で言わざったちええがぜよ、万次郎さん」

書き留める筆を止めた小龍は、武家言葉ではなく土佐弁で伝えた。

「これに書くときは、ちゃんと日本語に直しちょりますき」

小龍は白い歯を見せて告げた。

これで万次郎も大いに気分が軽くなったらしい。

「これまでのお役人さんらあは、わしがちょっとでも英語で言うたら、ごっつう顔をしかめて、舌打ちまでしよったがです」

英語で話してはいけないと思い込んでいたときの万次郎は、何度も言葉に詰まっていた。

英語でも土佐弁でもいいと安心できたあとは、万次郎の物言いが格段に滑らかになった。

物言いから気負いが取れると、思い切ったことも口にするようになった。

「わしが暮らしちょったアメリカには、自由と平等という考え方が暮らしのなかに横たわっちょりました」

万次郎を自宅に引き取ってくれた捕鯨船のホイットフィールド船長は、とりわけ自由と平等の実践を大事にする人物だった。

「能力のある者は、家柄などとは無関係に正しく評価されるべきだ」

「チャンスはだれにでも平等にある」

万次郎はこのことを身体で学んでいた。

「日本が外国に海と港を閉じちゅうがは、やったらいかんことじゃき」

万次郎の語気が強まった。

小龍は唇に指をあてて、声を静めるようにと示した。

万次郎はあぐら組みの膝に手を置いて、静かに詫(わ)びた。

小龍は万次郎の目を見詰めた。

「万次郎さんに、ぜひとも会っていただきたい若者がいます」

鎖国は間違っていると、周りを気にせずに言い放つところなどは、万次郎さんと響き合えると思う……小龍は龍馬の名を口にした。

「龍の馬とはえらいごっついけんど、なんぞわけがある名前ですろうか？」

「わけは大いにあります」

誕生前に父親が見たという夢の話を、万次郎に聞かせた。

「これからの若者はどんどん海に出て、世界を見てきたほうがええきに」

万次郎の声が、また大きくなっていた。

七月二十日も朝から上天気となった。

「小龍さんと話すがは楽しいけんど、いつになったら中ノ浜にもんて行けるがですろう？」

万次郎の問いに答えを持っていない小龍は、気休めが言えなかった。

「いつとは言えませんが、在所に帰してもらえるのは間違いありません」

辛抱してくださいとなぐさめた。

万次郎の顔に笑みが浮かんだ。

「凪で船が止まったときを思うたら、これぱあのことはなんちゃあないきに」

万次郎が笑うと、真っ白な歯が見えた。

日焼けの焦げ茶色と歯の白さとが、互いに引き立て合っていた。

三

嘉永六（一八五三）年正月七日、朝五ツ半（午前九時）過ぎ。

河田小龍の門弟が坂本家を訪れてきた。

下男から用向きを質されると、龍馬に取り次ぐようにと告げた。

去年の七月から音信が途絶えていた河田家からの使いである。龍馬は作法もかえりみず、廊下を鳴らして玄関の衝立前に出た。

袴を着けた門弟は龍馬を見た。双眸にはしかし、親しみの色はなかった。

「先生が屋敷にてお待ちです」

自分に従ってついてこいと言わぬばかりの口調だった。

「うけたまわりました」

龍馬は使者の物言いなど一顧だにせず、明るい声で応じた。それほどに小龍からの呼び出しが嬉しかったのだ。

「支度が調うまで、暫時お待ちください」

使者に言い置き、龍馬は当主の居室へと向かった。

龍馬の出仕は十日からで、今日もまだ非番である。急ぎ当主の居室に向かったのは、外出の許しを得るためだった。

南に向いた十畳の居室には、初春の柔らかな陽が差し込んでいる。坂本家当主の権平は文机で書き物を進めていた。

「入ってもよろしいでしょうか?」

ふすまの外から問われた権平は筆皿に小筆を置き、入室を許した。

龍馬はほころびそうになる顔を懸命に抑えつつ、兄の前まで進んだ。

土佐和紙を張った障子戸は、風は防ぐが陽光は余さず通してくれる。外から差し込む七草の朝の光が、龍馬の顔を照らしていた。

「なにか佳(よ)き報せでもあったのか?」

権平の問いに、龍馬は深くうなずいた。

「小龍あにさんから、半年ぶりに呼び出しをいただきました」

龍馬の太くて黒い眉が上下に動いた。

「門弟の方が待ってくれていますので、屋敷まで出向いてもよろしいでしょうか?」

兄は即座に許してくれるものだと、龍馬の口調は疑っていなかった。それも当然で、いつもの権平なら河田屋敷に出かけることはその場で許してきた。

ところがこの朝は様子が違った。

「行きたいというなら止めはせぬが、屋敷に入るときは周囲に目を配りなさい」

龍馬を見詰めて諭す声音は、いつになく硬いものだった。

龍馬は戸惑いの色を浮かべた目で兄を見詰め返した。権平の言い分には得心できていなかったからだ。

「河田さんはつい先日まで、アメリカから帰ってきた漁師と一緒に寝起きしていたそうだ」

「それはわたしも存じています」

答えた龍馬は上体を乗り出した。

「兄上は、そのことになにか違和感を抱いておいでなのですか？」

龍馬の口調がわずかに強くなっていた。

権平は左右に首を振った。

「わたしもおまえと同じで、小龍さんが大好きだ」

権平は文机に置いてある小鈴を振った。閉じられたふすまを通り抜けて、鈴の音は下男に届いていた。

「ご用ですかのう」

ふすまの向こうで声がした。

「入りなさい」

下男を呼び入れた当主は、小龍の門弟を控えの間に案内するように申しつけた。

「茶菓を出して、いましばしお待ちくださいと伝えなさい」

「へい」

下男がふすまを閉じて下がると、権平は話の続きに戻った。

「藩士のなかには、小龍さんをこころよく思っていない者も少なからずいる」

障子戸もふすまも閉じられた坂本家の内である。にもかかわらず権平は、声の調子を一段低くした。

「どういてあにやんのことを、わるうに思うがですか」

小龍のことになると、龍馬はつい素が出てしまうようだ。土佐弁で兄に応じた。

権平は息継ぎをしてから話を始めた。

「外国船の出没が、年を追うごとに目立ってきている。去年（嘉永五年）十二月には、足摺岬と室戸岬の両方で外国船が通り過ぎるのを見極められている」

事情は龍馬も耳にしていた。が、それと小龍とは無縁だと思っている。

「外国船とあにやんとは、まるでかかわりのないことでしょう」

武家言葉に戻ってはいたが、龍馬の物言いは尖り（とが）を帯びていた。

「下級藩士のなかには、小龍さんと外国船とを一緒にしている者もいるのだ」

権平がため息をついたら、居室に差し込む陽光が揺らいだ。

外国とつながる太平洋に面した諸国に対し、公儀は去年十月、より一層の沿岸警備強化を訓令してきていた。

わけても四国四藩のなかで太平洋岸をほぼ独占している土佐藩に対しては、公儀大目付が名指して発令していた。

「警備強化を怠るべからず」と。

そんな折りにあっても土佐藩は藩主みずから指図を下して、長崎より護送されてきた漂流民を手厚く遇していた。

藩士のなかには、藩主に対しても不満を隠さぬ者がいた。

「もしもこの実態が公儀隠密の耳目に留まったときには、藩の一大事となるは必定だ」

「勝手に国から出て行ったのみならず、琉球経由で無謀な帰国までいたした不埒千万なる漂流民を、場所もあろうことか、すべり山に留め置くとは！」

「河田小龍は、その漂流民と寝食を共にして委細を聞き取っておるというではないか」

土佐藩下級藩士のなかには、帰国を果たした漁師三人をこころよく思っていない者も少なからずいた。

もしも公儀に知られたときは、手ひどい課役責めに遭うに違いない。禄米支給も滞り気味だというのに、このうえ難儀になど遭遇するのは御免だ……不満を声高に口にする者が増えつつあった。

権平の心配もそこにあった。

「いまの土佐藩藩士の先祖をたどれば、我が坂本家のような土佐土着の家系と、慶長年間初期に遠江国から移ってきた家系とに二分される」

権平からこんな話を聞かされるのは初めてだった。龍馬は居住まいを正した。

「土佐土着の藩士には、海の国を尊ぶ血が流れている」

捕鯨船に乗って、世界の海を回ってきたという万次郎。その漂流民を称える血潮が、土佐国土着の藩士には濃く流れていた。

遠江国を先祖とする藩士といえども、その初代が土佐に移封されてから、すでに二百五十年が過ぎていた。

いまでは藩士も重役も全員が土佐藩ご城下の生まれである。

掛川の暮らしの様式は、いまではすっかり土佐藩に定着していた。

つい先日、元日に祝った雑煮は土佐藩は長方形の切り餅である。しかし他の四国三藩は、いずれも丸餅だ。

土佐藩の切り餅は、掛川から持ち込んできた様式が、この地に根付いたものである。

それほどに土佐と遠江国掛川は溶け合っていたのだが、やはり元の血には逆らえないこともあるのだ。

外国船に乗り、外国の生活様式を持ち帰ってきた漂流民を危うく思うこと……。

それは内陸暮らしを長らく続けていた、掛川の遠い先祖の血がさせることだった。

「江戸の御公儀は、外国船の沿岸接近にはことさらに気を尖らせておいでだ。時節柄、河田屋敷に出向くときには充分に気を配るように」

気持ちのこもった兄の諫(いさ)めである。

「存分に気をつけます」

龍馬は確かな口調で答えた。

「あにやんの屋敷が近くなったら、周りの様子をこの目で確かめます」

権平の前で龍馬は目を見開いた。

兄はわずかなうなずきで、弟を送り出した。

「行って参ります」

顔を引き締めて返答し、居室を出た。

が、廊下に出た龍馬の目元は、この先に控えた再会を喜ぶ思いで大きくゆるんでいた。

自室に戻ったあとは、仙台平(せんだいひら)の袴をはいた。元日に着用した、坂本家一番の正装である。

腰に佩く刀も、父から授かった備前長船(びぜんおさふね)の太刀を選んだ。

アメリカという国は、地図で何度も見ていた。しかし国の中身については、まるで分かってはいなかった。

小龍はそのアメリカの仔細を漁師の万次郎から聞き取っている。

呼び出しがかかったということは、小龍に話をする気持ちのゆとりができたのだろう。

アメリカとはどんな国なのか……。

思っただけで、身体の芯が熱くなった。

二本を佩いた龍馬は、袴の帯をポンポンッと叩いて部屋を出た。

中庭を歩く龍馬に、飼い犬のくまが駆け寄っていた。

四

「長いこと、おまさんに声がかけられざって、すまんことやった」

居室で向き合った小龍は、いつになく砕けた物言いをした。

「あにやんが達者で、ほっとしました」

小龍のくつろいだ口調が、張り詰めていた龍馬の気をほぐしてくれた。

「濡れ縁に並ぼうや」

七草の日だが気持ちよく晴れており、庭を渡る風は穏やかだ。南向きの縁側は、四ツ（午前十時）どきの陽を浴びて杉板が暖まっていた。

先に立ち上がった小龍は、白磁の湯呑みを手にしていた。中身は門弟が小龍と龍馬にいれた煎茶である。

龍馬も湯呑みを手に持って小龍のあとに続いた。

「日溜まりなら、火鉢も手焙りもいらない」

土佐国はまことの南国だ……小龍は感慨深げな物言いをして、濡れ縁の縁から足を投げ出して座った。

龍馬は小龍の脇であぐらを組んだ。年長者の小龍と同席しながらも、あぐらを許される間柄だった。

「あらためて南国土佐を思い知るような、なにか出来事があったのですか」

問われた小龍は龍馬のほうに身体を向けて、静かにうなずいた。

「わたしは去る十二月中旬にはここに戻っていたが、一昨日までほぼ蟄居に近い状態に置かれていた」

思いもしなかったことを聞かされた龍馬は、尻を動かした。

「まさかあにやんが、どういて蟄居をさせられたがですか！」

あぐら組みの龍馬が、背筋をぐぐっと伸ばして憤った。

「蟄居とは言っていない。蟄居に近い状態だったと言ったまでだ」

小龍の言ったことを聞いて、龍馬は固めていた腹筋をゆるめた。

「されど龍馬、このたび受けた扱いには、わたしも思うところがある」

静かな物言いのなかに、小龍の存念が込められていた。

蟄居とは公家や武士に科す刑である。

出仕も外出も禁じ、自宅の一室に謹慎させる刑が蟄居だ。

小龍は藩の公務で数カ月の間、漂流民のひとり万次郎と起居を共にした。そして万次郎が外地にて体験した事柄の数々を聞き取り、調書としてまとめた。

すべては藩の命により行ったことであり、咎人扱いをされるいわれはなかった。

「このたび万次郎さんと過ごした日々の仔細や、聞き取った中身については、たとえ我が師であっても口外無用であると、藩から申し渡されている」

小龍は縁側から投げ出していた足を引き上げ、龍馬と向かい合わせになった。正座ではなくてあぐらを組んだ。

「わざわざ申し渡されずとも、口外など致すはずもない」

龍馬は深くうなずいた。

「しかし藩はわたしに念押しをしただけでは得心しておらず、ここに目付方二名を一昨日まで駐在させ続けた」

小龍は深いため息をつき、さらに先へと話を続けた。

「おまえの先刻の問いだが、南国土佐をしみじみと思ったことには、もちろんわけがある」

小龍はひと息をあけてから言葉を続けた。

「話を先へと進める前に、おまえに強く言っておくことがある」

小龍はあぐらを正座に座り直した。

龍馬ももちろん正座した。

「できる限り早く、おまえは江戸に行け」

小龍の目には、龍馬が一度も見たことのなかった強い光が宿されていた。

「土佐にいては分からぬもの、感じられぬもの……たとえば今という時代を感じさせる風のようなものが、江戸には吹き渡っているに違いない」

それを肌身で感じ取るために、一日も早く江戸に出向けと、小龍は強い口調で告げた。

しばし小龍の目を見詰めたあとで、龍馬は問いかけた。

「いまのことをあにさんに言わせた、なにか格別のことがあったがですか？」

「あった」

短く答えた小龍は、腕組みをして目を閉じた。藩の命に背かぬ範囲で、いかにして龍馬に思いを伝えられるか。

小龍はそれを思案しているようだった。

龍馬は膝に載せた両手をこぶしに握り、丹田に力を込めた。

小龍が口を開くまで待っていよう……。

龍馬の息遣いは落ち着いていた。

五

「わしのことはジョン・マンと呼んでくれてええですきに」

小龍が自分より四歳年上だと分かったとき、万次郎の物言いがていねいになった。

長らくアメリカの捕鯨船で上級船員を務めてきた男である。年長者や格上の人物には、敬意を払うことが身についていたのだろう。

小龍と万次郎は起居を共にし、同じ釜（かま）のメシを食い続けた。一カ月が過ぎたときには、万次郎は年長者の小龍に全幅の信頼を寄せていた。

朝夕が凍え始めたとき、火鉢を用意させようとした。ジョン・マンは喜んだあと、土佐はぬくいとつぶやいた。

「わしが暮らしたアメリカのフェアヘブンは、毎朝こんな分厚い氷が張りよったきに」

ジョン・マンは親指と人差し指とで二寸の厚みを示した。

南国土佐は暮らしやすい……ジョン・マンの言い分には実感がこもっていた。

小龍とは比較もできぬ拙いものだったが、万次郎には絵心が備わっていた。

言葉では小龍が理解できないこと、分かりにくいことを説明するとき、万次郎は絵を描いた。

長崎奉行所が持ち帰ることを許した私物のなかに、色鉛筆があった。

五色の色鉛筆を巧みに使い、万次郎はさまざまなモノを描いた。

小龍はその色鉛筆を借り受けて、絵を描き直したりもした。

すべり山の番所から万次郎が放免されたのは、嘉永五年十二月中旬だった。

「この先は親兄弟相手といえども、外地にて見聞きし体験いたしたことは、一言たりとも口外してはならぬ」

筆之丞改め傳蔵、弟の五右衛門、そして万次郎の三人は、役人四名に引率されて宇佐浦に帰された。

宇佐浦の網元徳右衛門が身請人となり、傳蔵と五右衛門は家族の待つ漁師宿への帰宅を許された。

万次郎は宇佐浦に一泊したのち、御用船にて中ノ浜に向かった。

万次郎が宇佐浦を離れたあとで、小龍はすべり山番所を出て藩重役との面談に臨んだ。

小龍と万次郎が共同で仕上げた『漂巽紀略』を重役に提出した。

「中ノ浜を在所とする漂流民・万次郎とのやり取り、および交わした話のすべてについて、たとえその方の師である吉田東洋といえども一言たりとも口外は無用と心得よ」

藩重役から念押しされる都度、小龍は承知の旨を示した。

しかし胸の内では、大きな違和感が湧き上がっていた。

万次郎が持ち帰ってきた情報を活かせば、土佐藩および日本は大きな進歩を遂げられるのは間違いなかった。

万次郎が乗船したという捕鯨船ひとつを取っても、学ぶべき事項は山ほどあった。

土佐藩には技に秀でた船大工が多数いる。万次郎が実際に乗船した船は、土佐沿岸を走る千石船の何倍もの大きさだった。

船大工に仔細を万次郎が教授すれば、格段に丈夫で快速の大型船が出来上がるのは間違いなかった。

ところが藩は、すべての情報を秘匿しようと躍起になっていた。

外地から帰還できた三人にはきつい箝口令を申し渡した。万次郎から聞き取りを行った小龍に対しても、同様の措置を講じた。

万次郎から聞かされた世界の港は、いずこも外国船を受け入れて栄えていた。

海を渡って伝わってくる風俗や文明を、積極的に取り入れようとしていた。

鎖国策を押し進めようとする日本は、世界のいまを知らない。

万次郎たちが体得している文明を、藩も公儀も封印しようと腐心していた。

果たしてこれが、日本にとって得策なのか。

小龍は大いに疑問に感じていた。

一昨日になって、ようやく行動の自由を許された。藩が提出した『漂巽紀略』を、公儀が咎め立てせずに受領したからだ。

龍馬なら日本の先行きを変えられると、小龍は確信していた。


「いつぞやおまえは、海には境目がないと言ったことがあった」

「宇佐浦に行ってきたいまでは、より強くそのことを思っています」

あの日の龍馬は徳右衛門と一緒に、入り江の彼方に広がる海を見ていた。

「わたしに江戸に行けと言われたことと、海には境目がないということとは、つながりがあるのですか?」

「それをおまえが自分の肌で感じ取ってくるのだ、龍馬」

小龍は強い口調で龍馬に指図した。

降り注いでいる陽がゆらりと揺れた。

六

二月二日、龍馬は宇佐浦の徳右衛門屋敷を訪ねることにした。

土佐の二月はすでに陽春である。夜明けとともに坂本屋敷を出た龍馬は、二里（約八キロ）を歩いたときにはひたいに汗を浮かべていた。

この日は海路ではなく陸路を進み、春野を経由して仁淀川に向かう行程をとっていた。

「江戸に出る前に、春野に行ってこい。野中兼山が為した業績を、おまえの目で確かめておけ」

小龍の指図に従っての春野行きだった。

野中兼山が指揮して作事した水路を、我が目でしっかり見ておきたかったのだ。

野中兼山は寛文三年（一六六三）に没した土佐藩初期の奉行である。困窮の極みにあった藩の財政改革のため、兼山は多種多様な事業を興した。

が、実施した手法が余りに苛烈であったがため、後ろ盾と頼りにしていた藩主の隠居から、さほど間をおかずに失脚した。

禄米（給料）の借り上げを何度も実施したことで、兼山に対する怨嗟の声は藩士のなかに渦巻いていた。

藩主隠居で、恨みが一気に噴出した。

兼山は私腹を肥やしたわけではなく、ただただ土佐藩の安泰を願ってまつりごとを行ってきた。

が、あまりに行政が厳しすぎた。

結果、農民・商人・藩士の多くが兼山個人への怨嗟の念を募らせていた。

兼山に対する恨みがいかに深かったか。

失脚した野中一族に対する扱いに、顕著にあらわれている。

男系が絶えるまで幽閉する。

これが藩の下した処断だった。

兼山は六男五女を授かっていた。なかには夭逝した者もいるが、多くは兼山没後も存命だった。

男女ともひとつ屋敷に幽閉され、一歩も外に出ることがかなわぬままに没した。

男系の血筋が絶えるまで、藩は監視の目を解かなかった。

嘉永六(一八五三)年のいまでも、土佐藩内で野中兼山の名を口にすることは、大いにはばかられた。

しかし兼山没後、百九十年が目前である。藩士のなかには野中兼山が残した業績を正当に評価する者も少なからずいた。

河田小龍もそのひとりだった。

「兼山先生が作事を進めてくださったおかげで、手結湊は土佐藩一の良港だ」

小龍は臆することなく兼山を先生と呼んだ。

「物部川、仁淀川が水運と農作に欠かせぬ川となれたのも、遠い昔に先生が先頭に立って河川作事を施してくださった賜だ」

小龍は春野をかならず見てから宇佐浦に向かうようにと指図した。

「野中兼山を正しく顕彰できる日を迎えたとき、土佐藩は新たな局面を迎えるだろう」

小龍の指図を龍馬は真正面から受け止めた。


兼山が監督した新川作事の跡は、龍馬の目にもはっきりと見てとれた。

かつて四万十川の作事手伝いをしたことで、川筋を読む目は鍛えられていた。

二間（約三・六メートル）もある新川の落とし（落差）を、兼山は見事に使いこなしていた。

仁淀川の上流から運んできた材木や物資は、落としの手前で新川の村民に託された。

受け取った村民たちは春野から御畳瀬まで、幅を拡げた川を使って運んだ。

落とし以降の水運権益を村民に与えたことで、村人たちは総出で河川改修作事に取り組んだのだ。

龍馬が村を訪れたときも、大量の物資が仁淀川上流から運ばれてきていた。

また城下からの荷が、上流めざして遡航もしていた。

新川は物資の集散地として大賑わいである。正午はまだ一刻半（三時間）も先だというのに、三軒もある遊女屋ではすでに人足たちがわらじを脱ごうとしていた。

これがあにやんが言われた、野中兼山の業績のひとつということか……。

龍馬は首に手拭いを巻いた人足のひとりに、白い歯を見せて問いかけた。

「にいやんは、野中兼山いうひとを知っちょりますか？」

問いかけた相手の胸板は分厚いが、背丈は龍馬の肩ほどだった。

「だれを知っちゅうかと言うたがぜよ」

「のなか・けんざんです」

龍馬は一語ずつ区切って言った。

「わしゃあ、知らんのう」

人足は仲間の数人を呼び集めた。

「おんしゃらあ、野中兼山を知っちゅうか」

龍馬と同じように、男は仲間に対して一語ずつ、はっきりと告げた。

「わしらみんな、この村の生まれやけんど、そんな名前は知らんのう」

「聞いたこともないぜよ」

人足たちはいぶかしげな目で龍馬を見た。

長居は面倒なことになりそうだ……。

龍馬は一礼をしたあと、急ぎ足でその場を離れた。

恩恵は享受しながらも、恩人の名はだれも知らなかった。が、それは村人がわるいわけではない。

いまだ野中兼山の業績を認めようとしない藩が負うべき責めといえた。

藩が下した処断の苛烈さを嚙み締めつつ、龍馬は宇佐浦を目指していた。

面倒を避けようとしての早足だったが、龍馬はまことを知らぬままだった。

野中兼山から大きな恩恵を受けた新川の村人たちは、断じて恩知らずなどではなかった。

それどころか落としのすぐ近くに、兼山を祀る神社を建立した。ただし藩から横槍をさされぬよう、春野神社の名を冠した。

よそ者に対しては嘉永六年のいまでも、野中兼山のことには「知らぬ存ぜぬ」を通していた。

村人の手で守られている春野神社は、毎朝の夜明けとともに境内を掃き清めていた。

新川のまことを龍馬が知るのは、後年の脱藩に際してのことである。

七

彼方に宇佐浦の漁村が見えている、峠の茶店に着いたとき。

ゴオオーーン……と、時を告げる鐘の音が流れてきた。

「あれは九ツ（正午）やろうか？」

まさかと思いつつ訊ねた龍馬に、茶店の婆さんは強くうなずいた。

思いのほか長く、新川で時を潰していたらしい。茶店で正午を迎えるとは思ってもいなかった。

このまま徳右衛門の屋敷を訪れたら、昼餉の時分時に重なってしまう。

「なんでもいいけど、腹の足しになるもんはありますか？」

「団子と、ところてんがあるけんど……」

婆さんの返事を聞いて、龍馬の表情が明るくなった。団子もところてんも好物だからだ。

「両方もらいます」

団子二皿、ところてん三杯をぺろりと平らげてから、龍馬は峠を下り始めた。九ツ半（午後一時）過ぎの到着となるように足を急がせず、ゆるゆると下った。

龍馬の来訪を喜んだ徳右衛門は、みずから玄関まで迎えに出てきた。

「ええ日和じゃきに、縁側で話をするほうがよさそうじゃ」

徳右衛門は庭に面した濡れ縁に、龍馬と並んで腰を下ろした。

「よう来てくれましたのう」

湯気の立つ玄米茶を味わいつつ、徳右衛門は再会を喜んだ。

「もんてきた（帰ってきた）筆之丞さんと五右衛門さんは、達者にされちょりますろうか？」

龍馬も徳右衛門との再会が嬉しかったのだ。話しているのは武家言葉ではなかった。

しかしこの問いかけで、徳右衛門の表情が曇った。問いに答える前に、徳右衛門は手に持った湯呑みを見詰めた。

まるで思案を巡らせているかのようである。

龍馬は口を閉じたまま、徳右衛門の返事を待っていた。

ずずずっ。

大きな音を立てて茶をすすったあと、徳右衛門は湯呑みを置いた。

「ここにもんてきて以来、ふたりともほとんど外に出てきちょらんでのう」

ふたりの様子はまるで分からないと、深いため息をついた。

「出てきてないとは、どういうことですか」

龍馬はわけが分からず、強い口調で問い質した。

「ひとに会ったり、用もないのに外に出たりしたらいかんと、藩からきつく止められちゅうらしい」

徳右衛門がまたため息をついた。

万次郎・筆之丞・五右衛門の三人は、御城内で別々に調べを受けた。

長くて厳しい詮議のあと万次郎は在所の中ノ浜へ、筆之丞と五右衛門は宇佐浦へ帰ることが許された。

とはいえ道中は土佐藩役人が一緒だった。

「ここにもんてきたその日から、役人三人が交代で見張りについてのう。たまにあのふたりが外に出るときは、かならず役人が一緒じゃ」

声を潜めた徳右衛門のひたいには、深いしわが刻まれていた。

筆之丞と五右衛門は外出を禁じられていたわけではなかった。が、自在に出かけることは許されなかった。

どこに行くにも見張り役が一緒である。

「海の向こうでなにを見たか、どんな暮らしをしちょったかは、ひとこともしゃべらんように、見張りがついちょるがじゃ」

徳右衛門の話を聞いているうちに、龍馬は怒りが込み上げてきた。

野中兼山とその一族に下した処断。

いままた藩は、筆之丞と五右衛門に幽閉同然の沙汰を下していた。

外国で見聞きしたことは、一言たりとも口外してはならぬと申し渡した。のみならず、見張りをつけて監視していた。

ひとの口に戸は立たぬ、と言う。

しかしいまの土佐藩と公儀がしているのはひとの目と耳と口を塞ぎ、無理矢理に戸を立てようとしているに等しかった。

江戸はいま、どうなっているのか。

自分の目で確かめてくるしかないと、龍馬は決意を固めた。

「どうかしたがかね？」

龍馬の目が強い光を帯びているのを見て、徳右衛門は尋常ならざるものを感じたらしい。

「近々、江戸に出ます」

大事を明かしたとき、龍馬は丹田に力を込めて庭に立っていた。

海を渡ってきた潮風が、正面から龍馬に吹き付けていた。

・本作品は、月刊「ランティエ」二〇一二年二月号から二〇一五年四月号まで（三十一回分）の掲載分に加筆・訂正いたしました。
・なお、参考文献は、最終巻にまとめて付記します。

著者略歴

山本一力（やまもと・いちりき）
1948年2月、高知県高知市に生まれる。66年、都立世田谷工業高等学校電子科卒業。「蒼龍」で第77回オール讀物新人賞を、『あかね空』で第126回直木賞を受賞。他の著書に『損料屋喜八郎始末控え』『大川わたり』『たまゆらに』『龍馬奔る　少年篇』『花明かり深川駕籠』『とっぴんしゃん　上・下』『朝の霧』『べんけい飛脚』『桑港特急』『ジョン・マン〈立志編〉』など多数ある。また、2015年度の長谷川伸賞を受賞。

Kadokawa Haruki Corporation

山本一力
龍馬奔る（りょうまはしる）　土佐の勇（とさのゆう）

*

2015年8月28日第一刷発行

発行者 角川春樹
発行所 株式会社 角川春樹事務所
〒102-0074 東京都千代田区九段南2-1-30 イタリア文化会館ビル
電話03-3263-5881（営業） 03-3263-5247（編集）
印刷・製本 中央精版印刷株式会社

ISBN978-4-7584-1269-8 C0093
http://www.kadokawaharuki.co.jp/